환생왕

ORIENTAL FANTASY STORY & ADVENTURE

요도 김남재 신무협 장편소설

dream
books
드림북스

환생왕 8

초판 1쇄 인쇄 2020년 7월 8일
초판 1쇄 발행 2020년 7월 22일

지은이 요도 김남재
발행인 오영배
편집 편집부
일러스트 나래
표지 · 본문 디자인 오정인
제작 조하늬

펴낸 곳 (주)삼양출판사 · 드림북스
주소 서울시 강북구 도봉로 173
대표 전화 02-980-2112 **팩스** 02-983-0660
편집부 전화 02-987-9393 **팩스** 02-980-2115
블로그 blog.naver.com/dreambookss
출판등록 1999년 3월 11일 제9-00046호

ⓒ 요도 김남재, 2020

ISBN 979-11-283-9761-5 (04810) / 979-11-283-9753-0 (세트)

드림북스는 (주)삼양출판사의 판타지 · 무협 문학 브랜드입니다.

환생왕
8
요도 김남재 신무협 장편소설
ORIENTAL FANTASY STORY & ADVENTURE
dream books
드림북스

목차

1장. 같은 목적지
― 맘에 안 든다니까

　천무진은 자신의 거처에서 혼자 생각에 잠겨 있었다. 오늘 백아린과의 대화를 통해 알게 된 새로운 사실에 대해서도 제법 생각을 가졌지만, 무엇보다 지금 중요한 건 앞으로의 방향이었다.

　전생의 기억을 토대로 의심할 수 있는 네 가지의 방향.

　지금으로선 그중에 무엇을 택해야 할지 고민해 결정을 내리는 게 가장 급선무였다.

　기억하는 네 가지 중 무엇을 건드려 봐야 하는지 고민이 깊어지는 그때 갑작스러운 발걸음 소리가 상념에 빠져 있던 천무진을 현실로 돌아오게끔 만들었다.

그가 고개를 돌려 시선을 문으로 옮겼을 때였다.

벌컥.

거칠게 문을 열고 모습을 드러낸 건 바로 단엽이었다.

천무진이 자리에서 일어나며 입을 열었다.

"술 마시러 갔다더니 갑자기 무슨 일이야?"

"주인, 급하게 할 이야기가 하나 있는데."

"뭔데?"

"잠시 자리 좀 비워야 할 것 같아서. 오래는 아니고 길면 한 달 정도?"

"갑자기 왜?"

"별건 아니고 개인적인 용무가 좀 있어서 섬서성에 다녀오려고."

말을 내뱉은 단엽은 자신도 모르게 상처가 있는 오른쪽 턱 부분을 손등으로 스윽 문질렀다.

눈동자에서부터 느껴지는 진득한 살기를 눈치챈 천무진이 물었다.

"무슨 일인데?"

"죽여야 할 놈이 하나 있거든."

아무렇지 않게 말을 내뱉었지만 단엽의 말투는 결코 가벼워 보이지 않았다.

천무진이 뭔가 말을 이으려고 하는 그때 단엽의 뒤편으

로 다른 인기척과 함께 누군가가 모습을 드러냈다.

한천이었다.

그가 헐레벌떡 다가와서는 말했다.

"그새를 못 참고 혼자 왔네."

"내 수하들은?"

"그 객잔에서 잠시 대기하라고 했지. 갑자기 말도 없이 달려 나가면 어떻게 해."

투덜거리는 한천의 모습을 보며 천무진은 둘 사이의 말투가 편하게 반말로 바뀌었다는 걸 곧바로 알아차렸다.

그리고 한천이 뭔가를 더 알고 있다는 것도.

단엽이 곧바로 말했다.

"우선 먼저 말해야 할 것 같아서 왔고, 마을에 부하들을 대기시켜 놔서 다시 좀 다녀올게. 자세한 이야기는 그때 하자고, 주인."

자기가 할 말만 마친 단엽은 곧바로 쌩하니 모습을 감춰 버렸다.

그런 단엽의 모습에 천무진이 고개를 저으며 입을 열었다.

"저렇게 정신없는 걸 보아하니 보통 일은 아닌가 보군."

"그러게 말입니다. 수하들을 그냥 내팽개치고 가더라고요. 얼마나 당황스럽던지 원."

혀를 내두르는 한천을 향해 천무진이 물었다.

"무슨 일 때문에 저러는지 알아? 죽여야 할 상대가 있다던데."

"아……."

천무진의 질문에 잠시 멈칫한 한천은 이내 단엽이 감추지 않을 거라는 걸 알기에 솔직히 말했다.

"객잔에서 술을 마시고 있었는데 갑자기 대홍련의 무인 두 명이 오더라고요. 그러고는 얼굴에 상처를 낸 자를 찾았다고 하더군요."

"그래? 그럼 죽여야 한다는 그자가 얼굴에 상처를 낸 인물을 말하는 모양이군."

"그런 것 같긴 한데…… 보통 원한이 아닌 듯싶던데요. 화가 잔뜩 난 것이 사고를 치는 게 아닐까 걱정이 좀 됩니다."

섬뜩한 표정을 지어 보이던 단엽의 얼굴을 떠올리며 한천이 말했다.

사고를 치는 게 아닐지 걱정된다는 한천의 말에 천무진은 팔짱을 낀 채로 잠시 생각에 잠겼다.

물론 사고를 치는 것도 걱정이지만 그보다 크게 신경 쓰이는 건 아무래도 최근 백아린에게 있었던 일 때문이다.

자신이 찾는 그들이 대놓고 백아린을 노렸던 사건.

그리고 일전에는 단엽을 노리기도 했었다.

이런 상황에서 그 혼자 멀리 떨어진 어딘가로 보내는 것이 그리 탐탁지 않은 건 당연한 일이었다.

만약 이 사실을 안다면 십천야라 불리는 그들이 또 다시금 움직일 가능성도 배제할 순 없어서다.

천무진이 입을 열었다.

"섬서성으로 가야 한다고 했던가?"

"네, 그렇게 들었습니다."

"흠……."

말끝을 흐리며 천무진은 정해야 할 목적지인 네 곳을 떠올렸다.

어디가 가장 나을지 확신할 수 없는 상태.

그 와중에 단엽에게 일이 생겼고 그는 섬서성으로 가야 한다고 했다.

그리고 섬서성에는…… 천무진이 선택을 내리지 못해 고민하고 있는 네 가지 중 하나인 검산파가 자리하고 있다.

순간 네 곳 중 어디를 선택해야 하나 고민하던 머리가 맑아지는 느낌이 들었다.

천무진이 팔짱을 풀며 피식 웃었다.

그중에 어디로 가야 할지를 막 정했기 때문이다.

스스로가 생각해도 다소 어이가 없긴 했지만……

"뭐, 종종 이런 것도 나쁘진 않겠지."

뜻 모를 말을 내뱉는 천무진을 한천은 의아한 표정으로 바라보고만 있었다.

*   *   *

단엽은 아침 일찍 자리에서 일어나 짐을 챙기기 시작했다. 길면 한 달 정도가 될 수 있는 여정, 간단한 생필품 정도를 챙겨 봇짐에 싼 그가 자신의 방을 박차고 나섰다.

그렇게 방을 나선 그의 눈에 바깥에서 대기하고 있는 세 사람의 모습이 들어왔다.

천무진과 백아린, 한천이 단엽의 방 앞에서 그를 기다리고 있었던 것이다.

막 바깥으로 나선 단엽은 그 세 사람을 보고는 쑥스럽다는 듯 뒷머리를 긁적였다.

'거참, 뭘 이렇게 기다리고 있기까지 했대.'

한동안 자리를 비울 자신을 배웅 나온 것이라 여긴 그가 괜스레 툴툴거렸다.

"남사스럽게 인사는 무슨. 금방 돌아올 테니까 그동안 잘들 지내고 있으라고."

그렇게 아무렇지 않은 척하는 단엽을 보며 표정을 찡그린 백아린이 입을 열었다.

"뭔 소리야. 무슨 인사?"

"내가 섬서성으로 간다고 지금 이렇게들 모여 있는 거 아냐. 애도 아니고 굳이 이렇게까지 안 해 줘도 된다 이거지. 그 마음들이야 알겠는데……."

고개를 절레절레 저으면서까지 말을 하는 단엽을 바라보는 세 사람의 얼굴엔 기가 막힌다는 표정이 피어올라 있었다.

단엽이 뭣도 모르고 말을 이어 가려던 그 찰나 천무진이 말했다.

"배웅 나온 게 아니라, 우리도 같이 가는 거야."

"엥? 그게 뭔 소리야?"

단엽이 되물었다.

이번 일정은 천무진과는 전혀 무관하게 개인적인 용무를 보기 위해 정해졌다. 그런데 이 일정에 세 사람이 함께한다고 하니 당연히 당황스러울 수밖에 없었다.

그를 향해 천무진이 말했다.

"말 그대로야. 우리도 같이 움직일 계획이야."

"왜? 나 때문에?"

"안 그래도 섬서성에 가야 할 일이 있었거든. 뭐 목적지 여러 곳들 중에서 고민하다가 네가 섬서로 간다고 하니 겸사겸사 그쪽으로 선택을 했지."

담담하게 말하는 천무진의 옆에서 백아린이 기가 찬다는 듯이 끼어들었다.

"그러게요. 설마 이런 식으로 다음 행선지를 정할 거라 고는 생각도 못 했지만요."

허나 백아린 또한 다른 곳으로 가자는 뜻을 피력할 생각 은 없었다. 애초에 그 네 곳 중에 어디로 가는 것이 가장 좋 을지 판단할 수가 없었으니까.

그리고 천무진의 의중대로 십천야에게 단엽이 홀로 노출 되는 것도 그리 좋지 않았다.

그런 여러 가지 정황상 지금 천무진의 선택은 가장 옳다 고 볼 수 있었다.

말을 마친 백아린은 곧장 몸을 돌려 뒤편에 준비되어 있 는 마차를 향해 다가갔고, 그녀의 옆에는 어느덧 천무진이 따라붙어 있었다.

순식간에 자신에게서 관심을 끊고 멀어지는 두 사람을 바라보던 단엽이 헛웃음을 흘렸다.

"허어, 이거야 원."

자신을 위해 모인 거라 생각하고는 이들을 보며 눈곱만 큼이라도 감동했던 것이 억울할 지경이었다.

기가 차다는 듯 서 있는 그를 향해 한천이 말했다.

"뭐해? 빨리 가자고. 늦으면 두고 갈지도 모르니까."

"뭐? 날 두고 간다고?"

그게 말이나 되는 소리냐는 듯 따져 물었지만, 한천은 가볍게 어깨를 으쓱해 보이고는 곧바로 마차를 향해 움직였다.

모두가 사라진 곳에 혼자 남은 단엽이 투덜거렸다.

"쳇, 하여튼 다 맘에 안 든다니까."

말을 그리하면서도 단엽은 터덜터덜 마차가 있는 곳으로 걸음을 옮겼다.

네 사람이 탄 마차는 빠르게 성도를 벗어나 곧장 섬서성이 있는 북쪽으로 움직이기 시작했다.

불만스러운 표정으로 자리한 단엽이 입을 열었다.

"주인 일정은 어떻게 되는 거야?"

"정확히는 모르겠지만 그리 길게 끌 생각은 없어."

"그럼 나랑 비슷하겠네. 근데 주인은 어디로 가는데?"

같은 섬서성이 목적지이긴 하지만 중원은 넓다.

섬서성의 크기 또한 보통이 아니었기에 목적지가 떨어져 있다면 금방 헤어져서 움직여야 할 수도 있는 상황이었다.

천무진이 답했다.

"검산파에 갈 생각이야."

"거기는 왜?"

"확인할 게 하나 있어서. 그러는 네 목적지는 어딘데."

"나야……."

말을 하던 단엽은 잠시 말꼬리를 흐렸다.

섬서성이란 목적지가 있긴 했지만, 아직 정확한 지점이 나온 건 아니었다. 자신이 만나려고 하는 그자가 어디로 향하게 될지는 계속 지켜봐야 했으니까.

그나마 다행인 건 우선적으로 일차 목적지가 화산(華山)이라는 것이다.

그리고 화산은 검산파가 있는 여산(驪山)과 완전히 같은 방향에 위치한 곳이었다.

그 말은 곧 섬서성에 들어서고도 꽤나 오랜 시간을 동행하게 될 거라는 의미였다.

잠시 고민하던 단엽이 이내 말했다.

"아직까지 정확한 건 아닌데 화산이 아닐까 싶어."

"설마 그 죽여야 할 상대가 화산파는 아니지? 제발 그 말만은 참아 줘라."

일차 목적지가 화산이라는 말에 한천이 식겁해서 말했다. 화산파의 인물을 죽인다면 그건 간단히 끝날 수 있는 문제가 아니었다.

한천을 향해 단엽이 답했다.

"걱정 말라고. 화산파 인물은 아니니까."

"휴, 그건 듣던 중……."

"뭐 화산파와 싸워야 할 수는 있지만 말이야. 어때? 재밌겠지?"

듣던 중 다행이라고 말을 내뱉으려던 한천의 목소리는 이어지는 단엽의 말에 거짓말처럼 사그라졌다.

참으로 심각한 문제를 재미있지 않겠냐며 들뜬 얼굴로 말하는 단엽을 향해 한천이 혀를 내둘렀다.

단엽과 한천이 대화를 주고받는 걸 가만히 바라보던 백아린이 뭔가를 깨달은 듯 말했다.

"그런데 부총관이 갑자기 말을 놨네?"

"아, 어제부터 그러기로 했습니다, 대장."

"웬일이래."

평상시 한천의 성격을 알기에 백아린은 의외라는 듯이 그를 바라봤다.

같은 적화신루의 동료들에게는 말을 놨지만, 그 외의 의뢰자나 여타 인물들에게는 깍듯하게 존대를 하는 한천이다.

그런 그가 대홍련의 부련주에게 말을 놓은 모습이 무척이나 낯설었다.

그 순간 단엽이 옆에 있는 한천의 어깨에 손을 두르며 말했다.

"어제 술을 마시면서 직설적으로 말했지. 말 놓으라고. 그러니까 이 녀석도 흔쾌히 그러겠다고 하던데?"

"흔쾌히까지는 아니고."

씩 웃으며 단엽과 마주하는 한천을 보며 백아린이 갑자기 장난스럽게 입을 열었다.

"잘됐네. 그럼 친해진 기념으로 화산파에도 같이 가는 건 어때?"

백아린의 그 말에 한천이 서둘러 단엽의 손을 떼어 내고는 말했다.

"어휴, 대장 그 무슨 끔찍한 소리십니까. 사실 보시는 것만큼 친하진 않습니다."

"그래? 옆에 사람은 그렇게 생각 안 하는 거 같은데?"

"킥킥."

백아린과 한천의 모습에 단엽이 웃음을 흘렸다.

이내 단엽이 두 사람의 농담 사이에 끼어들었다. 그러고는 화산파에 꼭 같이 가자며 그를 괴롭히기 시작했다.

한천이 그런 단엽의 제안에 학을 떼고 싫어하며 소란을 떨던 그때였다.

가만히 창밖을 바라보는 천무진을 향해 백아린이 말을 걸었다.

"아 참, 시키신 대로 무림맹에는 저희가 움직이는 것에 대해 아직 연락을 넣지 않았어요. 계획대로라면 한 열흘 정도 후에나 그쪽 귀에 들어갈 거예요."

천무진은 일부러 자신들이 검산파가 있는 섬서성으로 간다는 사실을 알리지 않았다.

무림맹의 맹주 추자후나 총군사인 위지겸과 주기적인 연락을 취하며 여러 가지 일들을 해 오던 상황임에도 불구하고 이 같은 결정을 내린 것이다.

이처럼 정한 건 역시나 무림맹 내부에 있을 간자를 대비하기 위함이다.

최대한 믿을 만한 이들을 통해 일을 진행한다고는 하지만 그럼에도 불구하고 안전하다 확신할 순 없었다.

그랬기에 자신들의 움직임에 대해 적들이 알아차린다고 해도 최대한 늦게 파악할 수 있도록 일부러 그 두 사람에게도 연락을 취하지 않고 움직인 것이다.

백아린의 말에 천무진은 고개를 끄덕이며 말했다.

"갑작스레 정해진 일정인데 고생했어."

"고생은요, 무슨. 별로 어려운 일도 아닌데요."

말을 마친 백아린은 잠시 창 바깥을 응시했다.

빠르게 바뀌어 가는 주변 풍경들.

그녀가 입을 열었다.

"검산파에서 뭔가를 찾을 수 있을까요?"

"장담하긴 어렵지. 증거가 있어서 움직이는 건 아니니까."

"그렇긴 하죠. 그래도……."

말을 하던 백아린이 고개를 돌려 천무진을 바라봤다. 그런 그녀의 시선을 천무진 또한 마주했을 때였다.

백아린이 웃으며 말을 이었다.

"뭐라도 찾아내자고요. 반드시요."

*   *   *

천무진 일행이 움직인 지 얼마 되지 않았을 무렵.

놀랍게도 그들에 대한 정보가 어딘가로 새어 들어가고 있었다.

그리고 그곳에는 바로 정체불명의 인물, 통칭 어르신이라 불리는 그자가 자리하고 있었다.

"천무진이 움직였다고?"

"예, 방금 막 보고가 들어왔습니다."

수하의 대답에 휘장 너머의 인물은 곧바로 질문을 던졌다.

"어디로 간다더냐."

"섬서로 간다고 합니다."

"망할, 그러니까 섬서 어디!"

휘장 안쪽의 그가 버럭 소리를 내질렀다.

너무 광범위하게 말을 하니 순간 짜증이 확 하고 치민 탓이다.

그런 그의 반응에 보고를 하러 왔던 수하의 얼굴이 새하얗게 변했다. 아직 정확한 위치까지는 파악하지 못한 상황이었기 때문이다.

놀란 듯 수하가 더듬거리며 말했다.

"그, 그것까지는 아직⋯⋯."

"쓸모없는 놈 같으니라고! 물러가라!"

괜한 불똥이 튈 것이 두려웠는지 수하는 곧바로 방을 빠져나갔다. 그렇게 보고를 하러 왔던 수하가 사라지자 휘장 안쪽에 있던 이가 짜증 가득한 목소리로 말했다.

"하여튼 요즘 따라 영 마음에 안 드는군."

천무진과 관련한 계획들이 연달아 실패로 돌아갔다.

그에 반해 천무진이 벌인 일들은 모두 자신들을 향해 날카로운 비수가 되어 날아와 박혔다.

상황이 이리되니 기분이 좋을 리가 없었다.

휘장 안쪽에 있던 이가 목소리를 높였다.

"상무기!"

자신을 부르는 목소리에 어둠 속에 있던 한 명의 사내가 모습을 드러냈다. 십천야의 일인이자, 정보 단체인 귀문곡의 수장 상무기가 나타난 것이다.

그가 입을 열었다.

"부르셨습니까?"

"방금 보고를 들었을 테니 길게 설명할 필요는 없겠지? 천무진이 어디로 향하고 있는지 당장 알아보도록 해."

"명 받들겠습니다."

상무기가 포권을 취하며 대답하는 그때, 차가운 목소리로 그가 말했다.

"잊지 말거라. 이번에도 실수를 한다면 그때는…… 그냥 넘어가지 않을 거라는 걸."

"……명심하지요."

상무기가 입술을 꽉 깨물었다.

자신에 대한 어르신의 신뢰가 많이 떨어졌다는 사실이 체감되었기 때문이다.

그리고 이 모든 일의 원흉은 역시나 천무진 일행이었다. 개중에서 백아린에 대한 정보가 완전히 어긋나면서 주란의 계획이 실패로 돌아가 버렸다.

그랬기에 상무기는 초조했다.

'어떻게든 만회를 해야 한다.'

한 번 눈 밖에 난 자를 다시금 포용할 사람이 아니라는 걸 알기에, 어떻게든 잃은 점수를 다시금 회복해야만 했다.

그리고 그 기회는 그리 많지 않을 것이다.

서둘러 정보를 취합하기 위해 움직이려는 상무기의 발걸음을 휘장 속의 인물이 붙잡았다.

"천운백에 대한 정보는 없느냐?"

"예. 어디로 숨었는지 도통 흔적을 찾지 못하고 있습니다. 허나 믿을 만한 이를 통해 들어온 정보로 파악해 보면 조만간 움직임을 감지해 낼 수 있을 것 같습니다. 알아내는 즉시 보고토록 하지요."

"그렇게 해. 언제나 제일 중요한 건 천운백의 행적이라는 걸 잊지 말도록 해라."

"옙, 그럼."

대답과 함께 상무기가 사라졌다.

그리고 이윽고 방에는 침묵이 찾아왔다.

홀로 남게 된 휘장 너머의 인물은 명령을 내리고도 그리 마음이 놓이지 않는 듯 긴 숨을 내쉬었다.

"흐으음."

갑작스럽게 섬서성으로 움직인 천무진.

섬서성이라면 중원의 요충지 중 하나이기도 하고, 구파일방에 속하는 화산파와 종남파가 위치한 곳이기도 하다.

그리고 화산파에는 십천야 소속의 무인 자운 또한 자리하고 있었다.

"섬서성이라…… 갑자기 왜 그곳으로 갔는지 모르겠군."

깊어지는 의문.

그리고 점점 복잡해지는 머리까지.

처음엔 한없이 우습게만 여겼던 천무진이라는 존재가 점점 자신을 옥죄어 오는 지금 이 상황이 그는 마음에 들지 않았다.

휘장 너머에서 서성이던 그림자가 갑자기 우뚝 멈추어 섰다.

그러고는 이내 그가 나지막이 입을 열었다.

"아무래도 계획을 조금 더 앞당겨야겠어."

*　　　*　　　*

사천성 성도에서 시작하여 관도를 타고 달리던 마차가 이윽고 어느 마을에 들어섰다. 삼 일가량을 쉼 없이 달린 덕분에 시간에 비해 꽤나 많은 거리를 이동하는 것이 가능했다.

그렇게 삼 일을 달려 도착한 마을에 들른 이유는 며칠간 쌓인 여독을 풀기 위해서이기도 했지만, 단엽이 수하들을 만나기로 약속이 되어 있었기 때문이기도 했다.

힘차게 달리던 마차가 이내 멈추어 섰다.

마침내 목적지에 도착하자 마차 안에 있던 일행들이 하나둘씩 모습을 드러냈다.

"흐암, 뻑적지근하네."

가장 먼저 내린 한천이 허리를 두드리며 죽는소리를 내보였다. 그리고 그 뒤를 따라 나머지 인원들 또한 마차에서 내려섰다.

백아린이 뒤편에 서 있는 천무진을 향해 말했다.

"우선 방부터 잡죠."

그녀의 말에 천무진이 고개를 끄덕였다. 삼 일 동안 달리는 마차에서 쪽잠을 자는 걸로 대신했기에 오랜만에 들른 마을에서만큼은 편하게 쉬는 걸로 체력을 보충해야 했다.

문을 열고 들어선 객잔 내부에는 저녁 시간이라 그런지 꽤나 많은 손님들이 자리하고 있었다.

백아린이 다가온 점소이와 대화를 나누는 사이 잠시 주변을 둘러보던 단엽이 짊어지고 있던 봇짐을 풀어 한천을 향해 휙 던졌다.

그리 크지 않은 봇짐이었기에 한천은 어렵지 않게 받아냈다.

봇짐을 건네받은 한천이 눈을 동그랗게 뜨고 물었다.

"이걸 왜 나한테 주는 거야?"

물어 오는 질문에 단엽이 짧게 답했다.

"내 짐 좀 맡아 줘. 난 잠깐 나갔다 와야 해서."

"밥은 먹고 움직이지?"

"금방 오니까 먼저들 먹고 있어."

이 마을에서 수하를 만날 거라는 걸 사전에 전해 들었기에 일행은 갑작스럽게 단엽이 나가는 이유를 굳이 캐묻지 않았다.

"그럼 서둘러 다녀올게."

말을 마친 단엽은 들어섰던 객잔 문을 열고 훌쩍 바깥으로 걸어 나왔다.

객잔 밖으로 나온 그는 곧바로 근처에 있는 큰길을 향해 움직였다. 그러고는 인근에 지나가는 이에게 물어 목적지를 확인할 수 있었다.

그렇게 단엽은 걸음을 옮겨 사람들이 북적이는 곳 사이로 섞여 들었다.

만나기로 한 장소가 시장통에 위치한 자그마한 노점이었던 탓에 주변은 무척이나 시끄러웠다.

사람도 많고, 소란스러웠지만 수하를 만나기로 한 장소를 찾는 건 그리 어렵지 않았다.

만나기로 약속한 노점에는 단 한 명의 손님만이 자리하고 있었던 탓이다.

노점 한 곳에 자리하고 있는 건 젊은 사내였다.

대홍련의 인물을 발견한 단엽이 성큼 그쪽으로 다가갔다. 그러고는 이내 수하가 자리하고 있는 탁자의 맞은편에 털썩 주저앉았다.

단엽이 가볍게 손을 들어 올렸다.

"여어."

벌떡.

단엽의 등장에 사내는 다급히 자리에서 일어나 소리 높여 입을 열었다.

"부련주님을 뵙⋯⋯!"

고함에 가까운 소리에 화들짝 놀란 단엽이 손을 들어 올려 때리는 시늉을 하며 서둘러 말했다.

"내가 왔다고 동네방네 소문이라도 낼 생각이냐? 인사는 됐으니까 빨리 앉아."

"죄송합니다!"

"조용히 좀 하라고."

미간을 찡그렸던 단엽은 이내 손을 내밀었다.

재차 날린 경고에 수하가 입을 굳게 닫았을 때다.

단엽이 입을 열었다.

"서찰."

단엽의 그 한마디에 사내는 품속에 고이 가지고 있던 종이 한 장을 꺼내 재빨리 건넸다.

그런 수하를 슬쩍 바라본 단엽은 이내 그에게서 건네받은 서찰로 시선을 돌렸다. 서찰을 펼치자 안에는 단엽이 궁금해하던 것들에 대한 간단한 정보들이 적혀져 있었다.

무엇보다 중요한 건 역시나 지금 단엽이 찾고 있는 그자가 어디로 가느냐였다.

그리고…… 서찰을 확인하는 순간 긴가민가했던 목적지에 대한 확실한 결론이 나왔다.

목적지를 확인한 단엽이 씩 웃었다.

선명하게 적힌 두 글자가 너무도 강렬하게 눈에 들어와 박혔다.

화산(華山)

처음부터 어느 정도 예상해서였을까?

최악의 결과였지만 이상하게 웃음이 나왔다.

'결국 이렇게 되네.'

단엽이 살의를 불태우는 상대, 그가 화산파가 있는 화산으로 간다는 정보였다.

최악의 경우 화산파와도 문제가 생길 수 있는 상황.

그렇지만 그 또한 단엽은 두렵지 않았다.

그런 걸로 물러설 정도였다면, 굳이 이곳까지 움직일 생각조차 하지 않았을 테니까.

서찰의 내용을 확인한 단엽은 자리에서 일어났다. 더는 이곳에 있을 이유가 없었다. 그가 맞은편에서 잔뜩 긴장한 표정으로 서 있는 수하를 향해 말했다.

"잘 받았다."

"뵙게 돼서 영광입니다!"

"그렇게 크게 말 안 해도 알겠거든?"

"죄, 죄송합니다."

"됐어, 인마."

아직 경험이 많지 않은 무인이라 그런지 긴장한 기색이 역력한 얼굴.

단엽은 젊은 수하의 어깨를 가볍게 두드렸다.

이내 몸을 돌린 단엽은 곧바로 나머지 일행들이 머물고 있는 객잔을 향해 걸음을 옮겼다.

그리 멀지 않은 곳이었기에 단엽은 금방 객잔에 도착할 수 있었고, 일행이 자리 잡은 방으로 안내를 받았다.

방에는 막 식사를 시작한 인원들이 자리하고 있었다.

단엽이 등장하자 백아린이 입을 열었다.

"막 식사를 시작하려던 참인데 잘됐네. 어서 오라고."

단엽은 곧장 빈자리에 가서 앉았고, 그런 그를 향해 한천이 말을 걸었다.

"벌써 만나고 온 거야?"

"말했잖아. 금방 온다고. 서찰 하나 받아서 내용 확인하는 게 전부라 별거 없었어."

말을 하며 단엽은 젓가락을 들어 올렸다.

며칠간 쉼 없이 달렸다는 말은 식사 또한 변변치 않았다는 의미였고, 덕분에 제대로 된 음식을 마주하는 것도 삼일 만의 일이었다.

막 음식을 입에 넣은 단엽에게 천무진이 말했다.

"목적지는 확실하게 정해진 건가?"

"뭐 그렇지."

"어딘데?"

"……화산."

"하아, 역시 불길한 예감은 언제나 틀리질 않는다니까."

단엽의 대답에 한천이 한숨과 함께 중얼거렸다.

단엽이 살기를 뿜어 대는 상대다. 보통 악연이 아닌 것이 분명한데, 그런 자가 화산으로 갔단다.

이번 일이 생각보다 복잡해진다는 기분이 들었다.

한천이 입을 열었다.

"그 죽여야 한다는 놈, 다음 기회로 넘기는 게 낫지 않겠어? 얼굴에 상처를 내서 화가 났다는 건 알겠는데 그 정도로 이렇게 찾아가는 것도 그렇고, 굳이 화산과 문제가 생길지도 모르는데 위험을 안기에는 좀 애매하지 않나?"

한천의 말은 일리가 있었다.

분명 단엽은 대홍련의 부련주고, 그만큼 무시할 수 없는 위치에 있는 인물이다.

그랬기에 한천은 더욱 조심스럽게 접근하고 있었다.

그렇게 높은 위치에 있는 인물일수록 다른 문파와 문제를 일으키는 건 최대한 피해야 했다.

개인 간의 문제가 아닌, 단체끼리의 싸움으로 번질 수도 있다 여겨서다.

특히나 대홍련은 사파.

잘못했다가는 정사 간의 문제가 되어 버릴지도 모른다.

만약 그렇게 된다면 그 모든 피해는 고스란히 단엽이 받아야 할지도 몰랐다. 그런 부분이 신경 쓰였기에 한천은 다음 기회를 노리는 게 어떠냐는 제안을 한 것이다.

한천의 말에 단엽은 잠시 침묵했다.

손에 쥐고 있는 젓가락으로 앞에 놓인 음식을 가볍게 들쑤시던 그가 천천히 입을 열었다.

"물론 내 얼굴에 상처를 낸 것만으로도 죽을 이유는 충분하지. 그렇지만 그 녀석을 죽이려는 건 비단 이거 때문만이 아니야. 다른 이유가 하나 더 있어."

그 말을 내뱉은 단엽이 고개를 들어 올려 세 사람을 바라봤다.

그러고는 이내 말을 이었다.

"내가 찾아가려는 그자가…… 내 누이를 죽였거든."

아무렇지 않게 내뱉은 한마디, 하지만 그 말에 분위기는 순식간에 차갑게 식어 버렸다.

그제야 한천은 알 수 있었다.

그날 본 평소와는 너무도 달랐던 짙은 살의의 정체를.

2장. 단엽의 과거
— 박살 내 주려고

　자신의 누이를 죽인 상대를 찾아가고 있다는 단엽의 말에 천무진 일행 안에는 묘한 침묵이 흘렀다.

　그 침묵을 깬 건 다름 아닌 한천이었다.

　"……다음 기회로 미루는 게 낫지 않겠냐는 말 취소할게. 그런 속사정이 있는 줄도 모르고 헛소리를 한 것 같네. 미안."

　"미안하긴. 내가 이야기했던 것도 아니고, 당연히 너처럼 생각하는 게 정상이지."

　기분 나쁠 이유가 없었기에 단엽은 아무렇지 않다는 듯한 표정을 지어 보였다.

예민한 부분이었기에 잠시 망설이던 백아린이 이내 조심스레 입을 열었다.

"나도 이런 말 해서 미안한데 너에게 죽은 누이가 있다는 정보는 없었거든. 숨겨진 혈육이 있었던 거야?"

"역시 정보 단체네. 나에 대한 그런 부분까지 모두 알고 있는 걸 보면."

단엽이 피식 웃었다.

이들이 죽은 누이에 대해 모르는 건 당연했다. 정확하게 말하자면 단엽이 죽었다고 한 그 누이라는 인물은 친혈육이 아니었으니까.

그가 곧바로 말을 이었다.

"내가 말한 누이라는 사람은 친혈육이 아니거든. 만약 그랬다면 애초에 여태까지 이 문제가 불거지지 않았을 리 없잖아? 대홍련은 말이야…… 절대 원한을 잊지 않거든."

단엽은 대홍련의 부련주다.

그리고 그곳의 련주는 단엽의 삼촌으로, 혈육으로 이어진 관계다. 그 말은 곧 단엽의 누이라면 대홍련의 련주와도 혈육이라는 의미였다.

그런 대상을 죽였다면 그 상대가 누구라 할지라도 이렇게 가만히 있을 이들이 아니었다.

이토록 긴 시간이 지났음에도 불구하고 대홍련이 그 대

상을 죽이지 않은 이유는 상대가 무척이나 강하기 때문이 아니었다.

단엽의 개인적인 원한.

그랬기에 그 대상이 지금까지 살아 있을 수 있는 것이었다. 그리고 그 복수를 단엽 자신의 손으로 직접 해 주고 싶어서이기도 했다.

단엽의 말에 그제야 백아린은 이해가 간다는 듯 고개를 끄덕였다.

생각해 보면 부련주의 누이를 죽인 자인데 그를 상대하러 단엽 홀로 움직인다는 것부터 이상하긴 했다. 그런 종류의 원한이 얽혀 있었다면 대홍련 또한 움직여야 했으니까.

단엽은 자신의 얼굴에 난 흉터를 가볍게 손으로 쓸어내렸다.

친혈육은 아니다.

하지만 그렇다고 해서…… 그 죽음이 그에게 결코 가볍지는 않았다.

자신이 누이라 부르는 그녀는 단엽에게 세상에서 가장 소중한 사람이었으니까. 그녀는 어린 자신을 지탱해 주던 하나뿐인 친구였고, 가족이었다.

그런 그녀가 죽었다.

그것도 자신의 눈앞에서.

십 년이 훌쩍 넘는 긴 시간이 지났음에도 불구하고 아직도 종종 그날의 꿈을 꾼다. 죽어 가는 누이의 모습, 그리고 그녀를 지키지 못한 한없이 초라한 자신까지도.

단엽은 그 모든 것이 싫었다.

그가 중얼거리듯 말했다.

"슬슬 긴 악연의 끈을 끊어야지."

의미심장해 보이는 한마디와 함께 살기로 번뜩이는 눈동자.

그 모습에서 단엽이 그 누이라는 인물을 어찌 생각했었는지 절절히 느낄 수 있었다.

이야기를 듣고 있던 천무진이 처음으로 입을 열었다.

"상대가 누구지?"

"······혈우일패도(血雨一覇刀) 나환위."

상대의 이름을 듣는 순간 자연스레 백아린과 한천이 표정을 구겼다. 애초에 단엽 정도 되는 자가 이토록 오랜 시간 원한을 가져왔다는 사실만으로도 그 상대가 꽤나 위험한 자일 거라고는 예상했었다.

그렇지만 설마 그 상대가······ 우내이십일성 중 하나일 줄이야.

눈을 치켜뜬 둘과는 달리 천무진의 표정은 무덤덤했다.

사실 어느 정도 예상하고 있었기 때문이다.

저번 생에서 단엽이 결정적으로 이름을 날리기 시작하게 되는 계기. 그것이 바로 혈우일패도 나환위를 죽인 사건이었으니까.

다만 그 시간이 저번 생에 비해 무척이나 앞당겨져 있었다.

'왜 그를 죽였나 했더니 저런 이유가 있었군.'

혈우일패도 나환위는 중도적인 성향을 지닌 무인이다. 정파와는 특별히 문제를 일으키지 않았고, 마찬가지로 사파와도 관계가 무난하다.

중도적인 성향이라고는 하지만 선한 일을 자주 행한 덕분에, 정파 쪽과 조금 더 밀접한 사이인 그는 무림에서 꽤나 좋은 사람으로 알려져 있었다.

그런 그를 죽인 것이었기에, 그로 인해 단엽에게는 상당히 많은 비난이 쏟아졌다고 알고 있다.

이 부분에 있어 꽤나 자세히 기억하고 있는 건, 단엽이 나환위를 죽였을 때는 천무진이 아직 그들을 만나기 전이었기 때문이다.

천무진이 묵묵히 과거의 기억을 떠올리고 있는 그때, 한천이 뒷머리를 긁적이며 말했다.

"허어, 죽이기 귀찮은 놈인데."

한천이 나환위를 귀찮은 자라 칭한 것은 그의 실력 때문만은 아니었다. 무공이 뛰어난 것도 사실이지만 그보다 더 큰 문제는, 그를 죽인 이후 벌어질 후폭풍이다.

큰 세력을 이끄는 수장은 아니지만, 무림을 대표하는 고수인 우내이십일성의 하나다.

거기다 무림에서 훌륭한 무인으로 불리며 따르는 이들도 꽤나 많은 상대다 보니, 나환위를 죽이게 된다면 일부의 사람들에게 표적이 될 수도 있었다.

한천이 물었다.

"그런데 혈우일패도는 은거에 들어갔다고 들었었는데 그가 화산에 있는 거야?"

"이번에 화산파에 큰 행사가 있어. 그리고 그곳에 초대를 받으면서 그간 이어 왔던 은거를 깨고 나타났다더군."

화산파와도 연이 있던 나환위는 비월조(飛越組)라는 이름을 지닌 그를 따르는 무리와 함께 약 삼 년 가까이 은거에 들어갔다가 이번 행사를 계기로 막 무림에 다시금 나타난 것이다.

이야기를 나누는 두 사람을 바라보던 백아린이 물었다.

"네 누이라는 사람이 무인이었어?"

"아니, 무공이라곤 손톱만큼도 몰랐을걸."

"그럼 뭐 어느 세력과 연관되어 있었다거나."

"세력은 무슨. 오히려 아무런 것도 가진 게 없는 그런 사람이었어. 나이도 어렸고."

단엽의 대답에 백아린은 놀란 표정을 지어 보였다.

"그런데 그런 사람을 나환위가 죽였다고? 전혀 생각지 못했는데."

나환위는 공명정대한 걸로 널리 알려진 인물이다.

그러니 그가 무공도 모르는 어린 소녀를 죽였다는 사실이 쉽사리 납득되지 않았다.

의아해하는 백아린을 향해 단엽이 고개를 끄덕이며 말했다.

"그렇게 생각할 만도 하지. 그놈은 꽤나 그럴싸한 가면을 쓰고 있으니까."

"알려진 것과 다른 자라는 거야?"

"그놈은 말이야, 사람의 형상을 한 인두겁을 쓰고 다른 이들을 속이지. 마치 자신이 좋은 사람인 양 포장을 하지만, 난 봤거든. 그 가짜 얼굴 뒤에 존재하고 있는 진짜 그놈의 민낯을."

어찌 그 얼굴을 잊으랴.

자신을 내려다보며 웃고 있던 그 피에 젖은 얼굴을.

뿌드득.

그날의 기억을 떠올린 단엽이 자신도 모르게 주먹을 꽉

움켜쥔 채로 이를 바득바득 갈았다.

참으로 오래 기다렸다.

스스로의 힘으로 웃는 낯짝을 부숴 버릴 그 날을 말이다.

팔짱을 낀 채로 한천이 입을 열었다.

"그놈 소문과는 달리 질이 안 좋은 놈인가 보네."

"맞아. 꽤 좋은 가면으로 자신의 진짜 모습을 꼭꼭 숨기고 있지만 말이야."

말을 끝낸 단엽은 앞에 있던 술병을 들어 잔을 채웠다. 그러고는 말없이 그 술을 목구멍으로 넘겼다.

쓰디쓴 술이 목구멍을 타고 내려갔지만. 오히려 정신은 더욱 또렷해졌다.

'누나, 미안. 너무 오래 걸렸다.'

우내이십일성으로 분류될 정도로 뛰어난 상대였기에, 그보다 뛰어난 무공 실력을 지니기까지 꽤나 긴 시간이 걸렸다.

어느 정도 자신에게 확신이 생기고, 마침내 은거를 끝낸 나환위가 세상에 나온 지금은 절호의 기회였다.

그랬기에 이 천금과도 같은 기회를 단엽은 결코 놓칠 수 없었다.

술잔을 내려놓은 단엽이 천천히 입을 열었다.

"그래서 내가…… 그놈의 가면을 박살 내 줄려고."

     *   *   *

"하, 씨…… 열 받네."

열 살 남짓의 조그마한 꼬맹이 하나가 바닥에 쭈그려 앉은 채로 중얼거렸다.

소년인지 소녀인지 쉽사리 구분이 안 갈 정도로 곱상한 얼굴. 하지만 거친 말투와 다소 사나워 보이는 눈빛은 그 아이가 사내아이라는 걸 말해 주고 있었다.

그 소년의 정체는 바로 단엽이었다.

그는 상처투성이의 얼굴을 한 채, 거친 몸짓으로 뒤편에 있는 나무에 기대어 앉았다.

엉망인 것은 비단 얼굴뿐만이 아니었다.

입고 있는 옷의 곳곳이 찢겨 있었고, 또 바깥으로 드러나 있는 손이나 목 같은 곳에도 자잘한 상처들이 가득했다.

퍼렇게 멍이 든 곳을 어루만지던 단엽이 눈살을 찌푸린 채로 중얼거렸다.

"비겁한 새끼들."

사실 이 부상은 모두 비무를 빙자한 구타 때문에 생겨난 것이었다.

어린 단엽이 있었던 이곳은 귀주성(貴州省)에 자리한 운천이라는 마을로, 대홍련의 분타 중 하나가 있는 장소다.

약 몇 달 전쯤에 단엽은 대홍련의 본거지에서 이곳 분타로 이동하게 되었다. 조용한 곳에서 본격적으로 무공을 익히게끔 하기 위한 배려, 그렇지만 아쉽게도 단엽은 이곳에서 그리 환영받지 못했다.

그건 단엽의 성격 때문이기도 했다.

절대 누군가에게 굽히지 않는 성격은 어렸을 때에도 여전했고, 이곳에서 먼저 자리하고 있던 대여섯 살 정도 나이 차가 나는 다른 소년들에게 그 모습은 달갑지 않은 게 당연했다.

허나 단엽은 련주의 조카.

대놓고 손찌검을 할 수는 없었기에 언제나 이런 식으로 비무를 빙자한 괴롭힘을 자행했다.

물론 제법 나이 차가 남에도 불구하고 워낙 단엽의 실력이 출중했던 탓에, 그 또한 한 명의 힘으로는 힘들어 꽤나 많은 이들이 돌아가며 집단으로 그를 괴롭혀 댔다.

고작 열한 살밖에 안 된 단엽이 감당하기엔 그들의 숫자가 너무나 많았다.

그런 그들의 행동에 이를 갈던 단엽이 이내 고개를 저었다.

상대의 숫자가 많아서 당했다는 생각이 스스로 싫었던 탓이다.

'숫자가 무슨 상관이야. 더 강했다면 그 곱절이었어도 당하지 않았겠지. 모든 건 내가 약해서야.'

당했다는 사실에 분하기보다는 스스로의 약함에 화가 났다.

고작 열한 살의 나이밖에 안 된 소년이 가지기엔 상당히 호전적인 생각이었다.

떠 있던 해가 서서히 사라져 가며 하늘이 온통 노을로 물들어 가는 저녁 무렵.

꾸르르륵.

허기가 진 탓에 배에서 울려 대는 소리에 단엽은 표정을 찡그렸다.

식사를 하기 위해서는 대홍련의 분타로 돌아가야 했는데, 그게 그리 내키지 않았다.

먼저 식당에 자리 잡은 이들이 자신을 보며 비웃고 있을 모습이 눈에 그려졌으니까.

아픈 것보다 초라한 것이, 자존심이 상하는 것이 더더욱 싫었다.

결국 단엽은 저녁을 먹는 걸 포기했다.

'오늘도 밤늦게 몰래 주방에 가서 간단하게 먹을 거나 좀 주워다 먹어야겠네.'

사실 단엽에게 오늘 같은 일은 꽤나 익숙했다.

점점 심해져 가는 괴롭힘, 그렇지만 그만큼 단엽 또한 독해지고 있었다.

아무도 어울려 주지 않는 대홍련 분타에서의 생활에 염증마저 느껴졌지만 지고 싶지 않았다.

꼬르륵.

결심은 단단했지만, 사람의 몸은 솔직했다.

배에서는 연신 꼬르륵 소리가 울렸고, 단엽은 그 소리에 짜증이 났는지, 억지로 눈을 붙이기 위해 애썼다.

배가 고파 쉽사리 잠조차 오지 않던 그때였다.

"얘."

들려오는 목소리에 단엽은 슬그머니 눈을 떴다.

눈을 감고는 있었지만 단엽은 누군가가 다가오고 있던 걸 미리 알고 있었다.

나이는 어렸지만 이미 비슷한 연령대에서는 적수를 찾기 어려울 정도의 실력을 지닌 그였기에, 기척을 감추지 않은 누군가가 다가오는 것 정도 알아채는 건 그리 어렵지 않았으니까.

단엽의 눈에 들어온 건 소녀였다.

자신보다 몇 살 정도 많아 보이는 앳된 얼굴의 소녀가 노을을 등진 채로 단엽의 눈앞에 자리하고 있었다.

그가 자신을 가리키며 입을 열었다.

"……지금 나 부르는 거야?"

소녀의 행색은 그리 좋지 못했다.

옷은 다소 지저분했고, 옆구리에는 커다란 광주리를 낀 모습이었다. 밭일을 하다 온 건지 옷과 신발 곳곳에는 흙이 엉겨 붙어 있었다.

허나 그런 초라한 행색과는 달리 소녀는 어여뻤고, 얼굴에는 사람의 마음을 묘하게 잡아끄는 함박웃음을 머금고 있었다.

스스로를 가리키는 단엽을 향해 소녀가 웃으며 고개를 끄덕였다.

단엽이 의아한 표정으로 물었다.

"나 알아?"

"아니, 오늘 처음 보는데."

"뭐야 쓸데없이. 모르는 사람하고 말 섞는 취미 없으니까 갈 길 가라고."

퉁명스레 말하며 단엽이 다시 눈을 감으려는 그때였다. 소녀가 성큼 더 다가오며 입을 열었다.

"그냥 지나치려고 했는데 어디서 천둥소리가 들려서 말이야."

"그게 무슨……."

꾸르르르륵.

말을 내뱉던 단엽은 그제야 소녀가 한 말의 의미를 알아차릴 수 있었다. 자신의 배에서 나는 이 소리를 가지고 말한 것이 분명했다.

순간 얼굴이 확 붉어지며 뭐라고 변명을 둘러대려는 찰나였다.

이미 다가온 소녀가 단엽의 옆에 앉으며 들고 있던 광주리를 내려놓았다. 그러고는 광주리를 덮고 있던 천을 옆으로 치우자, 안에서 간단한 요깃거리들이 나왔다.

삶은 야채와 주먹밥.

정말 초라하고 간단한 음식들이었다.

눈을 크게 치켜뜬 단엽이 뭐라고 말을 하려던 찰나, 소녀가 먼저 입을 열었다.

"아버지한테 가져다드릴 새참인데 많이 가져왔거든. 너도 좀 먹어."

"……됐어."

단엽은 애써 고개를 돌리며 음식을 외면했다.

평소에 그리 좋아하는 것들이 아님에도 불구하고 거의 하루 종일 굶은 탓인지 무척이나 군침이 돌았다. 허나 그럼에도 단엽은 애써 시선을 돌렸다.

그런 단엽을 향해 소녀는 자신이 직접 주먹밥을 들어 내밀었다.

"괜찮으니까 먹어."

"됐다니까."

코앞까지 음식이 다가오자 배는 더욱 요동쳤다.

꾸르륵. 꾸륵.

단엽이 곁눈질을 하면서도 싫다며 우겨 대자 소녀의 입 가에 살짝 장난스러운 웃음기가 걸렸다.

제아무리 자존심 강한 단엽이라고 해도 아직은 어린 꼬마.

그 속내가 너무 보였다.

소녀가 입을 열었다.

"정말 안 먹을 거야? 그럼 이거 버려야겠네."

"야! 아깝게 음식을 왜……."

자신도 모르게 버럭 소리를 내지르며 고개를 돌린 꼬마 단엽은 이내 멈칫했다. 자신을 향해 주먹밥을 내민 채로 따 뜻하게 웃고 있는 소녀의 얼굴을 마주했기 때문이다.

단엽의 시선이 코앞까지 다가와 있는 주먹밥과 소녀의 얼굴을 번갈아 바라봤다.

그러고는 이내…….

결국 단엽은 못 이기는 척 주먹밥을 받으며 중얼거렸다.

"버린다니까 그냥 받아 주는 기야. 음식 아까워서."

"그래, 고마워."

자신이 챙겨 주면서도 오히려 고맙다고 말해 주는 소녀.

처음 봤음에도 불구하고 단엽이 자존심이 강하다는 걸 알고, 이런 식으로 챙겨 준 것이다.

그런 그녀의 마음 씀씀이 때문일까?

받아 놓고도 잠시 머뭇거리던 단엽은 결국 그 주먹밥에 입을 가져다 댔다.

스윽.

한 입을 베어 문 단엽은 더는 못 참겠는지 허겁지겁 주먹밥을 먹기 시작했다.

강한 척했어도 아직은 어린 소년.

그 주먹밥은…… 세상에서 먹었던 그 어떠한 음식보다 다디달았다.

*   *   *

세월이 흘렀다.

그렇게 열한 살이었던 단엽이 열네 살이 되었을 무렵.

많은 것이 변해 있었다.

"누나!"

큰 목소리와 함께 주방에서 식사 준비를 하던 소녀에게 달려온 것은 다름 아닌 단엽이었다. 얼굴의 한쪽이 붉게 물들어 있었지만, 입가엔 미소가 가득했다.

그런 단엽을 맞이하는 소녀, 장소진(張小辰) 또한 어느덧 더 나이를 먹어 열일곱이 되었고 이제는 조금씩 어엿한 숙녀가 되어 가는 중이었다.

그날의 인연 이후 단엽에게 장소진은 커다란 버팀목이자, 유일한 친구가 되어 줬다.

외로운 타지 생활에서 말벗이 되어 주는 사람이었고 속내를 털어 낼 수 있는 유일한 사람이기도 했다.

그런 장소진이 있었기에 단엽 또한 이곳 생활에 점점 적응할 수 있었다.

손에 쥐고 있던 국자를 내려놓은 장소진은 부어 있는 단엽의 얼굴을 보며 화들짝 놀라 다가왔다.

그녀가 급히 단엽의 얼굴을 손으로 감싸 쥐며 눈살을 찌푸렸다.

"얼굴이 왜 이래? 또 누구한테 당한 거야?"

"당하긴, 대체 언제 적 이야기야."

단엽을 향한 괴롭힘이 끊긴 건 꽤나 오래전의 일이었다. 물론 그렇게 된 건 단엽을 건드리던 그들이 마음을 바꿔 먹어서가 아니다.

이유는 하나.

단엽이 강해져서다.

시간은 누구에게나 공평하게 흐른다.

단엽이 나이를 먹은 만큼 그들 또한 마찬가지였다.

허나 주어진 재능이 달랐다.

대여섯 살 정도 나이가 많았던 그들은 이미 성년이 되었지만, 열네 살의 단엽은 모두를 압도했다.

그들도 나름대로 실력 있는 무인들로 자랐지만 어린 단엽은 그들을 훨씬 뛰어넘고 있었다.

그랬기에 한동안 누구에게도 맞고 다니지 않아 내심 안심하던 장소진이었는데 갑자기 퉁퉁 부은 얼굴로 단엽이 나타났으니 놀란 것도 당연했다.

그녀가 물었다.

"그럼 얼굴은 대체 왜 이래?"

"오늘 다 마무리 지어 버렸거든."

"마무리를 지었다니?"

"나한테 까불던 놈들 있잖아. 그놈들 전부랑 혼자 비무를 펼쳤거든. 새끼들, 이제는 내 앞에서 고개도 못 들고 다닐 거야."

무려 이십 대 일의 비무였다.

태반이 이미 성년이 되고도 남은 이들이었거늘 단엽은 겨우 이 정도 타격만 입고 그들 모두를 쓰러트렸다.

단엽이 강해지면서부터는 오히려 그쪽에서 점점 그를 피하던 상황.

그러던 도중 이번에 완전하게 박살을 내 줬으니, 이제 그들은 피하는 걸로 모자라 단엽이 느꼈던 그 비참함을 감내해야 할 차례가 된 것이다.

단엽은 좋다는 듯 말하고 있었지만. 장소진의 귀에는 그런 말들이 들리지 않는 듯했다.

안쓰럽다는 듯 옆에 있는 깨끗한 천으로 상처를 어루만지며 그녀가 말했다.

"어휴, 하여튼 사내들이란. 그게 뭐가 그렇게 중요해. 이렇게 다치고 다니지 말라니까."

장소진의 핀잔에 단엽은 오히려 히죽 웃었다.

그녀의 이런 걱정이 좋았다.

자신이 굶고 다닐까 봐 항상 걱정했고, 다치고 오면 누구보다 마음 아파한다. 그런 걱정이 있었기에 단엽은 장소진에게 마음을 열 수 있었다.

단엽이 말했다.

"이 정도 상처 가지고 뭘. 괜찮다니까."

말과 함께 단엽은 옆에 있는 의자에 걸터앉았다. 그를 잠시 걱정스레 바라보던 장소진은 무척이나 기분 좋아 보이는 단엽의 모습에 결국 웃음을 흘렸다.

"다치고 왔으면서 그렇게 좋니?"

"그럼. 앞으로 설설 기어 다녀야 할 그놈들 생각만 하면

웃음이 안 멈추는데?"

"알겠으니까 앞으론 이렇게 다치고 다니지 마. 이러고 오면 누나인 난 기분이 어떻겠어?"

"잔소리는. 이제 이러고 나타날 일도 없을걸. 신나게 갚아 줄 일만 남았으니까."

단엽은 옆에 놓여 있는 주먹밥 하나를 들어서 우적우적 씹었다.

아무렇지 않게 주먹밥을 집어 먹던 단엽은 이내 문득 과거의 일이 생각났는지 잠시 옆으로 시선을 돌렸다.

쌓여 있는 주먹밥, 어쩌면 이 주먹밥이 있었기에 오늘의 이 복수가 가능했던 걸지도 모르겠다.

그때 단엽의 귓가로 장소진의 목소리가 들려왔다.

"밥 안 먹었어? 기다려 봐. 금방 밥 차려 줄게."

"……."

말과 함께 뭔가를 부지런히 준비하는 그녀를 단엽은 물끄러미 바라봤다.1

몇 년이라는 시간을 항상 어머니처럼 챙겨 줬던 장소진. 그런 그녀에게 단엽은 단 한 번도 고맙다는 말을 하지 않았다.

그런데 왜일까?

자신을 위해 분주히 움직이는 장소진의 뒷모습을 바라보고 있던 단엽이 자신도 모르게 입을 열었다.

"누나."

"응?"

무슨 일이냐는 듯 자신을 향해 고개를 돌린 장소진의 눈빛을 마주하는 순간 단엽은 입 밖으로 나오려던 고맙다는 말을 가까스로 눌러 담았다.

성격이 그런 탓이기도 했고, 어쩐지 고맙다는 그 말이 너무도 쑥스러웠으니까.

불러 놓고 아무런 말도 없는 자신을 향해 장소진이 의아한 표정을 짓는 걸 본 순간 단엽이 서둘러 입을 열었다.

"……배고파. 빨리 밥 좀 줘."

재촉하는 단엽의 모습에 장소진이 피식 웃으며 말했다.

"알겠으니까 그 주먹밥이라도 좀 먹으면서 기다려."

말과 함께 다시금 몸을 돌리는 그녀의 뒷모습을 바라보며 단엽은 자신의 볼을 긁적였다.

고맙다는 말이 목구멍까지 치밀었거늘 이 말을 하는 것이 너무도 어려웠다.

허나 이내 그는 마음을 편히 먹었다.

'아직 시간은 많은데 뭐.'

그렇게 생각하며 단엽은 묵묵히 주먹밥을 입에 가져다 댔다.

*　　　*　　　*

운천에 자리한 대홍련의 분타에서 단엽이라는 존재는 점점 두각을 드러내고 있었다. 나이에 맞지 않는 뛰어난 실력, 그리고 대홍련 련주의 조카라는 배경까지.

단엽을 괴롭히던 이들은 이제 모두 꼬리를 만 강아지처럼 그의 눈치를 살피기 바빴고, 하루가 다르게 강해져 가는 그의 존재는 분타에 소속된 고수들 사이에서도 화제였다.

그런 이유로 바빠지기 시작하면서 한동안 찾지 못했던 누이 장소진을 만나기 위해 단엽은 저녁 시간쯤 걸음을 옮겼다.

그렇게 도착한 운천 마을 바깥에 위치한 자그마한 촌락. 그런데 촌락에 들어서는 순간 뭔가 묘한 분위기가 느껴졌다.

약 십여 채의 가구들이 모여 사는 이곳은 바로 인접한 운천과는 달리 집들도 허름했고, 상대적으로 가난한 이들이 모여 사는 곳이었다.

그런데 그런 촌락에 있는 집들 곳곳이 박살이 나 있고, 사람들의 울부짖는 목소리가 귓가에 울렸다.

피 냄새와 쓰러져 있는 이들의 모습까지.

촌락에 들어선 단엽은 그 모습에 놀란 듯 다급히 달리기 시작했다.

슈슈슉!

빠르게 달려간 단엽이 도착한 곳은 장소진의 거처.

그런데 이곳 또한 다른 거처들과 크게 다르지 않았다. 허름하긴 했어도 굳건했던 가옥 곳곳이 손상되어 내부가 드러나 있을 정도였다.

그리고 입구 부분에서는 낯이 익은 이가 쓰러져 있었는데, 다름 아닌 장소진의 아버지였다.

단엽이 서둘러 다가가 억지로 몸을 일으켜 세우려는 그를 부축했다.

"아저씨 괜찮아?"

피투성이가 된 채로 부들부들 떨고 있던 그가 익숙한 목소리에 힘겹게 고개를 돌렸다. 눈을 뜨고는 있었지만, 머리를 맞은 탓인지, 얼굴은 피투성이였고 정신 또한 몽롱해 보였다.

그가 더듬거리며 입을 열었다.

"너, 너는……."

"나야, 단엽이라고. 대체 무슨 일이야? 누나는?"

장소진에 대해 묻는 그 순간이었다.

덥석.

그렇게 정신이 없어 보이던 그가 단엽의 손을 강하게 움켜쥐었다.

　갑자기 돌변한 그의 모습에 단엽이 눈을 크게 치켜뜬 그때였다.

　그가 입을 열었다.

　"내, 내 딸을 구해 주게! 그놈들이 내 딸을 비롯해 이 마을의 젊은이들을 모두 끌고가 버렸어."

　"끌려갔다고? 누나가?"

　단엽의 질문에 그가 힘겹게 고개를 끄덕였다.

　단엽이 어깨를 움켜쥐며 급히 물었다.

　"대체 누가!"

　물어 오는 단엽의 다급한 목소리에 그가 손가락으로 한쪽 방향을 가리키며 힘겹게 말을 이었다.

　"태웅채(太熊寨)……."

　그 이름을 듣는 순간 단엽의 눈동자가 번뜩였다.

　태웅채는 인근에 있는 산을 터전으로 잡고 활동하는 산적들이다. 물론 가까운 곳에 대홍련의 분타가 있어 크게 행패를 부리지는 못한다지만 이런 식으로 약자들을 건드리는 경우가 종종 있었다.

　허나 비록 이곳이 운천 바깥에 따로 떨어진 촌락이라고는 하지만 이런 식으로 대놓고 약탈을 한 건 이번이 처음이었다.

"이 새끼들이 감히 누굴!"

단엽이 버럭 소리를 내지르고는 이내 부축하고 있던 장소진의 아버지를 옆에 있는 평상 위에 눕혔다.

상태는 좋지 않았지만, 다행히 치명상은 입지 않은 상황.

단엽이 말했다.

"아저씨, 좀만 버티고 있어. 누나를 구해서 돌아올게."

단엽의 목소리에 정신이 없는 와중에서도 그는 마구 고개를 끄덕였다. 그러고는 단엽의 손을 꼭 쥐며 힘겹게 말을 이었다.

"……부탁하네."

"기다리고 있어, 아저씨."

말을 마친 단엽이 쥐고 있던 손을 풀며 곧바로 몸을 돌렸다.

대체 무슨 연유로 이 촌락의 젊은이들을 모두 끌고 갔는지는 모르겠지만…….

'너희는 상대를 잘못 골랐어.'

단엽이 이를 악문 채로 걸음을 옮겼다.

장소진을 비롯해 납치된 이들을 구해 내기 위해 단엽은

곧장 태웅채가 위치한 곳으로 움직였다. 거리도 멀지 않았고, 그들의 거점이 있는 산 또한 그리 크지 않았기에 도착하는 데는 두 시진이 채 걸리지 않았다.

태웅채는 무척이나 시끄러웠다.

마치 잔치라도 하는 것처럼 말이다.

커다란 술 항아리들을 놓은 채로 신명 나게 술잔을 기울이고 있는 그들, 태웅채의 산적들이었다.

태웅채는 대략 스무 명 정도로 구성되어 있었고, 개개인의 실력 또한 뛰어나지 못했다.

무공을 익히고는 있었지만, 대부분이 변변치 않은 실력자들이었다.

그들은 뭐가 그리도 신이 나는지 연신 술잔을 기울이며 웃어 댔다.

"하하하! 이제 우리 고생도 끝이라고."

"채주님, 이번에 돈 들어오면 청명루 한번 가죠. 오랜만에 분 냄새 좀 맡아야 하지 않겠습니까?"

채주의 옆에 있던 산적이 기녀가 나오는 기루를 언급하며 신이 난다는 듯 목소리를 높였다.

그렇게 한참 분위기가 달아오르는 그때였다.

태웅채의 입구에 도착한 단엽은 망설이지 않고 술판을 벌여 대는 그들을 향해 걸음을 옮겼다.

갑작스러운 단엽의 등장에 술잔을 기울이던 산적들의 표정이 흉흉하게 변했다.

입구 쪽에 서 있던 험상궂은 사내 하나가 거칠게 술잔을 내팽개쳤다. 그러고는 수염에 묻은 술을 소매로 닦아 내며 옆에 둔 커다란 도를 들어 올린 채로 자리에서 일어났다.

"큭큭, 꼬맹아 엄마라도 잃어버렸니? 여기는 너 같은 꼬마가 올 곳이⋯⋯."

말과 함께 비웃음을 지어 보이는 바로 그때.

빠각.

어느새 다가온 단엽의 손이 도를 들고 있는 그의 팔을 꺾어 버렸다.

순식간에 당한 일에 잠시 멍하니 있던 험상궂은 사내는 이내 고통이 밀려오자 비틀린 팔을 움켜쥔 채로 비명을 질렀다.

"으아아악!"

단엽의 손이 곧바로 그자의 머리통을 잡아서 바닥에 내리쳤다.

쾅!

피와 함께 박살이 난 이가 사방으로 흩어져 나갔다.

생각지도 못한 단엽의 움직임에 비웃고 있던 태웅채의 다른 산적들의 표정이 딱딱하게 굳었다.

태웅채의 채주가 당황한 듯 입을 열 때였다.

"대체……."

"어디 있어."

"뭐?"

"어디 있냐고!"

말과 함께 단엽이 주먹을 움직였다.

공격보다는 위협을 목적으로 한 움직임. 손에서 뻗어져 나온 권풍이 산적들 사이사이에 있는 술 항아리를 향해 움직였다.

쨍그랑!

여섯 개의 항아리들이 곧장 박살이 났고, 안에 담겨 있던 술들은 곧바로 쏟아져 나왔다.

어린 나이로 보이는 그가 펼친 것이라고는 믿어지지 않을 만큼 강한 무공.

놀란 태웅채의 산적들이 뒷걸음질 쳤다.

짙은 살기가 주변으로 퍼져 나가는 그때, 단엽이 입을 열었다.

"마지막 경고야. 아래에서 납치해 온 이들 어디에 있어?"

납치해 온 이들에 대해 말이 나오자 채주의 표정이 일그러졌다.

사실 그들을 납치한 것은 큰돈을 벌 수 있는 기회가 생겼기 때문이다. 당연히 채주의 입장에서 이 같은 절호의 기회를 놓치고 싶지는 않았다.

허나 그렇다고 해서 돈이 목숨보다 귀한 건 아니었다. 그랬기에 먼저 확인해야 할 것이 있었다.

애써 침착하게 정신을 다잡은 채주가 단엽을 향해 물었다.

"당신은 어디 소속이오?"

자신들이 건드려도 될 대상인지 아닌지를 먼저 판가름하기 위한 질문.

태웅채의 채주를 향해 단엽이 답했다.

"대홍련이다."

*　　　*　　　*

단엽의 그 한마디에 태웅채 채주의 표정은 급변했다.

이 인근에 터를 잡고 사는 그들로서는 결코 대홍련의 심기를 거슬러서는 살 수 없었다. 당장에 보이는 것이야 어린 꼬마 하나였지만, 뒤에 대홍련이 자리하는 이상 설령 자신들이 싸움에서 이길 수 있다고 한들 함부로 대해서는 안 될 상대였다.

그리고 이 같은 사실을 알기에 단엽 또한 서둘러 이곳 태웅채까지 혼자서 달려온 것이다.

이들에게 대홍련이라는 이름이 가질 절대적인 힘을 잘 알고 있었으니까.

채주가 황급히 포권을 취했다.

"대홍련의 분께 큰 실례를 했습니다."

"됐고, 아래 촌락을 습격한 것에 대해 알고 있어. 거기에 있는 이들을 납치했다는 것도. 빨리 그들이나 풀어 줘."

말을 하며 단엽은 슬쩍 그들의 표정을 살폈다.

만약 자신의 제안을 거절한다면 힘 싸움도 불사해야 할 상황이었는데…….

"후우."

짧게 한숨을 내쉬었던 채주는 이내 뒤편에 있는 수하를 향해 명령을 내렸다.

"납치한 이들을 모두 데려와."

"채주님! 그들은…….'"

"시키는 대로 해!"

채주가 버럭 소리를 내질렀다.

다른 이들이라면 고민이라도 해 보겠지만 하필이면 그 상대가 대홍련이었다. 그렇다면 굳이 시간을 끌어서 좋을 게 없었다.

오히려 어떻게 이번 일을 잘 무마해야 할지가 더 걱정이 됐다.

목소리를 높이는 채주의 모습에 수하가 결국 뒤편으로 사라진 직후, 그가 조심스레 단엽에게 말을 걸었다.

"가능하다면 이번 일을 그냥 넘어가 주실 수 있으시겠습니까?"

"저 안에 있는 내 누이의 상태를 보고. 누이가 멀쩡하다면 용서해 주겠지만 만약에 조금이라도 다쳤다면…… 그때는 대가를 치러야 할 거야."

단엽의 말에 채주의 표정이 오히려 밝아졌다.

그가 황급히 고개를 끄덕이며 말했다.

"그럼요. 다들 멀쩡하게 데리고 와서 다친 곳 하나 없습니다. 전혀 걱정 안 하셔도 됩니다."

오히려 촌락에 남겨져 있던 사람들 중에서는 부상을 당한 이들이 꽤나 많았지만, 이곳까지 끌고 온 이들은 멀쩡한 편이었다. 편안하게 데리고 오기 위해서이기도 했고, 나중에 있을 무언가를 위해서였다.

무사할 거라는 채주의 말에 단엽의 표정이 한결 풀어졌을 무렵.

그들을 데리러 갔던 태웅채의 산적이 모습을 드러냈다. 그의 뒤편에는 이곳으로 끌려왔던 스무 명에 달하는 이들이 자리하고 있었다.

십대 초반부터 후반까지.

젊은이들로만 구성된 인질들이 두려움 가득한 얼굴로 산적의 손길에 따라 이곳으로 걸어오고 있었다.

아무래도 그들로서는 갑자기 납치를 당하고, 또 이렇게 끌려 나오니 뭔가 일이 벌어졌다고 느낀 것이 분명했다.

그런 그들 사이에서 마찬가지로 잔뜩 겁을 먹은 표정을 한 채 걷는 이가 있었으니, 바로 단엽이 찾으러 온 장소진이었다.

사람들 사이에 섞여 있는 그녀를 발견한 단엽이 반갑게 소리쳤다.

"누나!"

익숙한 목소리 때문일까?

시선을 아래로 향한 채 걷고 있던 장소진이 급히 고개를 치켜들었다. 그러고는 이내 단엽을 발견하고는 놀란 듯 입을 가렸다.

"단엽……."

단엽은 곧장 장소진을 향해 달려갔고, 그녀 또한 무리들 사이에서 빠져나왔다.

지척까지 도달한 단엽이 황급히 장소진의 손을 붙잡고는 그녀의 상태를 살폈다. 다행히도 눈에 보이는 상처는 없었지만…….

"누나, 괜찮아?"

물어 오는 질문에 장소진이 고개를 끄덕였다.

"난 괜찮아. 그런데 네가 어떻게 여기에……."

"아저씨한테 들었거든. 누나가 태웅채에 납치됐다고. 그래서 곧장 온 거야."

단엽의 말을 듣자 그제야 장소진은 알 수 있었다.

자신들을 데리러 온 산적의 표정이 딱딱했던 이유를.

단엽은 대홍련의 무인이고, 당연히 그들의 구역인 이곳에서 태웅채는 단엽의 눈치를 볼 수밖에 없었다. 그랬기에 단엽이 나타나자 자신들을 풀어 주기로 한 것이 분명했다.

그리고 그런 장소진의 예상이 맞다는 걸 증명이라도 하는 것처럼 채주가 막 명령을 내렸다.

"다들 풀어 줘."

채주의 명령에 뒤편에 엉거주춤 서 있던 산적들이 납치된 이들을 향해 다가오기 시작했다.

그 상황에서 장소진은 단엽의 손을 꼭 잡은 채로 웃었다.

"고마워. 날 구하겠다고 이렇게 달려와 줘서."

그녀의 말에 단엽은 쑥스럽다는 듯 장소진과 맞잡은 손은 놔두고 반대편 손으로 코를 스윽 문질렀다. 그러고는 이내 아무렇지 않게 대답했다.

"이 정도로 고맙긴. 누나가 나한테 해 준 게 얼만데. 당연히 구하러 와야지."

"내가 해 준 게 뭐가 있다고."

"너무 많아서 셀 수가 없을걸?"

"말은."

장소진이 쑥스럽게 웃으며 단엽의 옆구리를 가볍게 쳤다. 그런 그녀의 손길을 느끼며 단엽은 모든 긴장을 풀었다.

혹시나 크게 다쳤거나, 이미 죽었으면 어쩌나 했던 고민들이 모두 사라졌으니까.

너무도 따뜻한 그녀의 미소에 안도감을 느낀 단엽 또한 마주 웃으며 말했다.

"고마우면 내려가서 밥이나 해 줘. 배고프거든."

"그거야 어렵지 않지."

"정말이지? 그럼 빨리……."

막 단엽이 말을 내뱉을 때였다.

뒤쪽에서 느껴지는 서늘한 감각. 그 기척을 감지하며 단엽이 황급히 몸을 비틀며 내력을 끌어올렸다. 허나 그 공격은 너무도 빨랐다.

몸을 돌린 단엽의 눈앞에 새하얀 빛이 쏟아져 들어왔다.

카카카카캉!

단엽은 굉장히 뛰어난 재능을 지닌 무인.

허나 그렇다고 해도 지금 날아드는 이 공격은 아직 미숙한 단엽이 감당해 낼 수 있는 수준의 것이 아니었다. 황급히 내력으로 날아드는 공격을 받아 내려 했지만, 그 힘과 마주하는 순간 단엽의 몸이 볼품없이 밀려져 나갔다.

동시에 힘이 폭발했다.

쾅!

단엽의 몸이 허공으로 치솟았고, 그대로 땅에 처박혔다.

바닥에 쓰러진 그의 입가에서 피가 터져 나왔다.

"쿨럭."

입은 건 내상뿐만이 아니었다. 수십 개의 공격에 난자당한 것처럼 온몸에서는 피가 솟구쳤다.

바닥에 쓰러진 단엽은 밀려드는 고통에 정신이 혼미해졌다.

하지만…… 쓰러진 단엽의 시야에 들어온 누군가는 그런 그의 정신을 또렷이 돌아오게 만들었다.

피투성이가 되어 멀찍이 쓰러져 있는 한 명의 소녀.

장소진이었다.

그녀는 가슴 부분에 커다란 구멍이 났고, 그곳에서 연신 피가 쏟아져 나오고 있었다. 그 모습을 보는 순간 단엽의 눈이 쏟아져 나올 것처럼 커졌다.

"누, 누나……."

장소진을 향한 단엽의 힘겨운 목소리.

하지만 그 목소리에 그녀는 대답조차 하지 못했다.

생기를 잃은 눈동자와 단엽을 향해 억지로 지어 보이는 미소로 인해 힘겹게 떨리는 입꼬리.

쓰러진 건 비단 두 사람뿐만이 아니었다.

인질들을 풀어 주기 위해 다가가던 태웅채의 모든 산적들이 죽어 나자빠졌다. 물론 그 과정에서 운이 없는 몇몇 인질들 또한 장소진과 마찬가지로 그 충격에 휩쓸려 버렸다.

단엽은 힘겹게 바닥을 기어 장소진을 향해 다가가고 있었다.

그리 먼 거리가 아니었지만, 너무도 멀게만 느껴졌다.

오른손, 왼손.

두 손을 번갈아 힘겹게 팔꿈치로 땅을 비벼 대며 단엽은 장소진을 향해 조금씩 거리를 좁혀 갔다.

그리고 단엽이 채 다가가기도 전에 장소진이 천천히 입을 열었다.

이미 생명의 불씨가 모두 꺼져 가는 상황에 내뱉은 힘겨운 한마디. 그 목소리가 제대로 나올 리가 없었다.

하지만 꿈틀거리는 입 모양만으로 단엽은 장소진이 하는 말을 알아들을 수 있었다.

―행······ 복······ 하길.

그 말을 끝으로 장소진이 마지막 미소를 머금었다.

동시에 열린 입으로 새카만 피가 주르륵 쏟아져 나왔다.

그 모습을 보는 순간 단엽은 알 수 있었다.

그녀가······ 죽었다는 사실을.

팔꿈치로 힘겹게 움직이던 단엽은 아래쪽으로 고개를 파묻었다.

화가 치밀어 올랐다.

"으으으으으!"

부들부들 떨리는 몸, 그렇지만 분하게도 단엽에게는 뭔가를 할 힘이 남아 있지 않았다.

바로 그 순간 유일하게 살아남은 산채의 생존자인 채주가 주변을 두리번거리며 소리쳤다.

"누, 누구냐!"

그의 외침과 함께 어둠 속에서 두 명의 인물이 걸어 나왔다.

한 명은 중년의 사내였고, 다른 한 명은 풍채가 제법 있는 노인이었다. 뽑혀져 있는 커다란 도로 보건대, 아마도 주변을 휩쓴 이 일격을 뿜어 댄 장본인임이 분명했다.

모습을 드러낸 두 명의 인물을 본 태웅채 채주의 표정이 묘하게 변했다.

그는 중년의 사내를 향해 버럭 소리를 내질렀다.

"방주 갑자기 이 무슨 짓이오! 이들을 납치해 달라고 한
건……."

허나 채주의 말은 끝까지 이어지지 못했다.

날아든 한 자루의 도가 그의 머리를 날려 버렸으니까.

후웅!

날아올랐던 머리가 그대로 땅으로 떨어져 내렸다.

목이 잘렸음에도 불구하고 부릅떠진 채주의 눈동자가 지
금 이 상황이 얼마나 억울한지를 말해 주는 듯싶었다.

목이 잘리면서 튄 피를 닦아 내며 중년의 사내가 중얼거
렸다.

"쯧쯧. 하여튼 말이 너무 많아."

순식간에 채주까지 죽자 중년의 사내는 입가에 미소를
머금은 채로 인질들을 향해 다가왔다. 그러고는 크게 소리
쳤다.

"자자! 여러분들을 구하기 위해 저희 신도방(神刀幇)이
움직였으니, 이제 아무런 걱정하지 않으셔도 됩니다."

이들을 구하기 위해 나타난 것처럼 목소리를 높이는 사
내.

그리고 그때 쓰러져 있는 단엽과 장소진의 가운데쯤으로
노인이 걸어 들어왔다.

그는 지척으로 다가가 채주의 목을 자른 탓에, 그대로 피를 뒤집어쓴 상태였다.

새빨간 피가 잔뜩 묻은 얼굴의 그가 쓰러져 있는 단엽과 이미 숨을 거둔 장소진을 슬쩍 바라봤다. 그러고는 이내 자신의 도로 죽어 있는 그녀의 몸을 옆으로 밀쳤다.

그러고는 아무렇지 않게 중얼거렸다.

"죽었군."

노인의 행동에 단엽이 소리쳤다.

"너 이 새끼 누이한테서……!"

억지로 몸을 일으켜 세우던 단엽은 이내 힘을 잃고는 볼품없이 바닥으로 쓰러져 버렸다. 그런 반응에 노인이 슬쩍 고개를 돌려 단엽을 바라봤다.

그러고는 이내 무감각한 어조로 말을 이었다.

"넌 운이 좋구나, 꼬마야. 죽지는 않겠어."

말과 함께 다가온 노인은 몸을 굽혀 단엽의 얼굴을 살폈다. 그러고는 이내 부상을 당한 얼굴에 천천히 손을 가져다 댔다.

노인의 손이 단엽의 오른쪽 볼 부분을 어루만졌다.

그곳에는 아까 전에 날아든 도기로 인해 깊게 베인 상처가 자리하고 있었다. 그런 상처를 손가락으로 어루만지자 고통이 밀려왔지만 단엽은 이를 악물고 소리를 참았다.

고통을 참아 내는 단엽의 모습을 보며 노인은 피식 웃었다.

그가 입을 열었다.

"그런데 이 상처는 아마 사라지지 않을 것 같구나."

말과 함께 상처를 어루만지던 노인이 천천히 몸을 일으켜 세우며 입을 열었다.

"내 공격에 네 누이가 휘말려서 죽은 듯한데 미안하구나. 그런데 말이야……."

그러고는 뽑아서 들고 있던 도를 허리에 차며 피를 뒤집어쓴 얼굴로 단엽을 내려다보면서 천천히 말을 이었다.

"……실수였단다. 그러니 이해하렴."

말을 하며 노인이 웃었다.

＊　　　＊　　　＊

단엽의 긴 이야기가 끝이 났다.

끔찍했던 과거의 기억. 주변의 누구에게도 이토록 상세하게 이야기한 적 없던 그날의 일을, 단엽은 세 사람에게 말해 주었다.

이야기가 끝나자 백아린이 물었다.

"그 노인이 네가 죽이려고 하는 혈우일패도 나환위고?"

"맞아. 그리고 당시 옆에 있던 중년인이 신도방의 방주 마원춘(馬元春)이라는 자였고. 그는 애초에 그 촌락과 그곳에 사는 이들이 지닌 인근의 땅을 사고 싶어 했어. 인질로 잡힌 그들을 구해 냈다는 명분으로 촌락의 사람들과 연을 맺었고, 적당한 가격을 제시하며, 이곳에 있다가는 또다시 그런 위험한 일을 겪을지도 모른다는 구슬림으로 인근의 땅을 모두 사들였지."

"잠깐만 설마 그 땅이⋯⋯?"

백아린은 뭔가 걸리는 것이 있는지 놀란 표정을 지어 보였다.

십수 년 전, 신도방은 커다란 금맥을 발견했고 그로 인해 막대한 부를 축적했다.

지금 단엽이 말한 시기와 신도방이 큰 부를 축적한 시기가 절묘하게 들어맞는다.

단엽이 고개를 끄덕이며 말했다.

"맞아. 금맥이 바로 그 촌락과 인근의 땅으로 퍼져 있었지. 덕분에 그곳의 땅을 모두 산 신도방은 졸지에 떼돈을 벌었고 말이야. 이런 정황을 봤을 때 난 그때 벌어진 모든 일들이 결코 우연은 아니라고 생각하고 있어."

"애초에 태웅채가 신도방의 손아귀에서 놀아났다고 생각하는 거야?"

"모두 죽은 탓에 정확한 증거를 잡지는 못했지만 죽기 직전 채주가 한 말이나, 그들이 큰돈을 벌 거라며 떠들어 대는 걸 직접 들었으니까. 아마도 그들은 신도방 방주의 의뢰를 받고 그들을 납치했겠지. 내 예상으론 처음부터 이용하고 버릴 생각이었을 거야. 믿을 만한 놈들이 아니었으니까."

어느 정도 예상은 하고 있다.

그렇지만 아쉽게도 증인이 되어 줄 그 누군가가 없다는 것이 문제였다.

오로지 단엽만이 들었고, 본 일들이었으니까.

그것만으로 그들의 죄를 밝혀내는 건 상당히 큰 무리가 따랐다.

그 자리에 있었던 인질들은 단엽이 자신들을 구하러 온 사실조차 모른다. 오히려 뒤늦게 나타난 신도방이 없었다면 그곳에서 죽거나, 어딘가로 팔려 갔을 거라 여겼다.

일부의 사람이 죽긴 했지만 그건 구해 내기 위한 과정에서 발생한 어쩔 수 없는 피해.

그렇게 만들어 버리면 그만이다.

그랬기에 단엽은 누이 장소진의 죽음에 대해 문제 삼지 않았다.

어차피 인질들을 구해 내기 위해선 어쩔 수 없는 상황이었다는 식으로 빠져나갈 것을 알았으니까.

거기다가 그런 식으로 벌을 주는 건 단엽의 적성과도 맞지 않았다.

복수는 자신의 손으로.

자신을 내려다보며 웃는 나환위를 보는 그날 그렇게 정했으니까.

단엽이 과거의 이야기를 끝내고는 오른쪽 뺨 부분에 난 상처를 어루만지고 있는 그때였다.

한천이 물었다.

"그 상처에 그런 의미가 있었군. 볼 때마다 기분이 안 좋았겠어."

"뭐 처음엔 좀 그랬는데…… 시간이 지나니 오히려 고맙더군. 이 상처가 남아 있어 줘서 내 복수심이 계속 타오를 수 있었거든."

말과 함께 가벼운 미소를 지어 보이는 단엽.

그런 단엽을 한천은 대단하다는 듯이 바라봤다.

투지 하나만큼은 정말로 그 누구에 견주어도 밀리지 않는 사내다.

모든 이야기가 끝나자 단엽은 앞에 내려놓았던 젓가락을 다시 들어 올렸다.

그러고는 괜스레 더 밝은 목소리로 말했다.

"자, 그럼 안 좋은 이야기는 여기서 그만 끝내고 다시 식사나 해 볼까?"

말과 함께 그가 이미 차갑게 식은 음식들을 입 안으로 욱여넣었다.

웃고 있는 얼굴.

하지만 누구라도 알 수 있었다.

지금 저토록 미소 짓기 위해 단엽이 얼마나 힘겨운 시간을 보내 왔을지를.

3장. 검산파
— 지켜 줘야지

　적들의 눈을 속이기 위해 무리하다시피 일정을 소화한 덕분에 천무진 일행은 고작 구 일 만에 섬서성 서안(西安)에 도착할 수 있었다.

　하루를 머물기 위해 객잔에 있는 방을 잡았고, 앞으로의 일정에 대해 정하기 위해 그들은 한곳에 모였다.

　이곳 서안에서 천무진의 목적지인 여산이나, 단엽이 가려고 하는 화산은 같은 동쪽에 위치한 곳이었으나 가는 길이 다소 달랐다.

　이왕이면 같이 움직이는 것이 더욱 좋겠지만…….

　"무리야. 그놈이 언제 화산파를 떠날지 몰라서. 화산파의 행사가 끝나면 또 다시금 숨어 버릴 수도 있거든."

단엽에게는 시간이 그리 많지 않았다.

그리고 그건 천무진 또한 마찬가지였다.

십천야에게 자신의 움직임을 읽히는 일이 없도록 최대한 빠르게 움직인 것이었다.

그런데 화산파를 먼저 들렀다가 온다는 건 지금 상황에서는 맞지 않았다.

그 말은 곧 따로 움직여야 한다는 말이었는데……

단엽의 대답에 예상했다는 듯 천무진이 고개를 끄덕였다.

그런 그를 향해 단엽이 재차 말했다.

"미안해, 주인. 웬만하면 같이 움직이고 싶은데 이번엔 나도 사정이 있어서 말이야. 이해 좀 해 주라고."

"충분히 이해해. 네 의중을 알았으니, 잠시 백아린과 단 둘이 이야기를 좀 하고 싶은데."

말을 마친 천무진은 방 안에 자리하고 있는 단엽과 한천을 바라봤다.

무슨 이야기 때문인지 알 수 없었지만 천무진의 말에 두 사람은 곧장 자리에서 일어나 바깥으로 나갔다. 그렇게 두 사람이 사라지자 백아린이 입을 열었다.

"저랑 단둘이 할 이야기가 있어요?"

"응, 검산파의 일도 그렇고 단엽의 상황도 좀 마무리 지어야 할 것 같아서."

"왜요? 생각하고 있는 게 있어요?"

"가능하면 이번에 단엽이 움직일 때 한천도 같이 따라붙었으면 해서."

"부총관을요?"

물어 오는 백아린을 향해 천무진이 고개를 끄덕였다.

단엽의 실력을 믿는다.

하지만 상대가 워낙 위험한 자들이다 보니 단엽 혼자 보내기보다는 옆에 다른 누군가를 붙여 도움을 주려고 하는 것이다. 그리고 지금 이 상황에서 그 적임자는 당연히 한천이었다.

단엽은 천무진이 선택한 최고의 방패였고, 그런 그에게 무슨 일이 생기는 걸 원치 않았다.

천무진이 말했다.

"사실 저번 생에서도 단엽은 혈우일패도 나환위를 죽여. 그런데 시기가 지금은 아니었지. 거기다가 목적지도 화산파고, 혹시 십천야가 개입하게 되면 단엽 혼자로는 위험할 수도 있다고 생각이 들어서. 차라리 둘씩 나눠서 움직이는 게 나을 것 같아."

"일리가 있는 말이에요."

사실 백아린도 이번 일에 단엽을 혼자 보내는 것이 그리 내키지 않았다.

보통 일이었다면 모를까 분명 어린 그에게 큰 상처가 되었을 게다. 누군가가 옆에서 도와준다는 게 어쩌면 단엽에게 큰 힘이 될 수도 있었다.

잠시 생각에 잠겼던 백아린이 이내 답했다.

"부총관에게 저도 그렇게 전달할게요. 절 두고 가는 걸 그리 내켜 하진 않겠지만…… 지금 상황에선 말대로 둘씩 나눠서 움직이는 게 더 좋겠어요."

"부탁할게."

"아, 말이 나와서 물어보는데 검산파에 가서 뭘 할 생각이에요? 설마 전생처럼 모두 죽이려는 건 아니죠?"

"당연히 아니지."

정체불명의 그녀가 왜 검산파를 없애게 만들었는지는 모르기에, 그들이 얼마 전 제거한 흑마신처럼 적이라는 보장은 없었다.

오히려 피해자였을지도 모를 그들을 아무런 증거도 없는 이런 마당에 모두 죽일 생각은 눈곱만큼도 없었다.

천무진이 답했다.

"생각을 좀 해 봤는데…… 그 보석을 훔칠까 생각 중이야."

"검산파의 보석을요?"

전생에서 정체불명의 그녀가 했던 부탁은 검산파를 없애 달라는 것이 아니었다.

정확하게 말하자면 검산파에 있는 보석이 갖고 싶다는 부탁이었고, 그 과정에서 천무진은 그들 대부분을 죽여야 만 했다.

과연 그녀가 원했던 건 검산파를 없애는 것이었을까 아 니면…… 정말로 그 보석 자체였던 걸까.

그걸 알기 위해 천무진은 전생에 손에 넣었던 검산파의 그 보석을 다시 한 번 훔치기로 마음먹은 것이다.

당시 그 보석을 빼앗으며 직접 보긴 했지만, 특별히 뭔가 떠오르는 건 없었다. 허나 그때는 이미 그녀에게 정신을 제 압당한 상황이었기에, 지금과는 다를 수밖에 없었다.

천무진이 담담하게 답했다.

"혹시 그 보석에 뭔가가 있지 않을까 싶어서."

"……그렇군요."

백아린은 고개를 끄덕였다.

그러고는 이내 말을 이었다.

"그런데 그 보석을 훔치는 게 그리 간단하지는 않을 것 같던데요."

"맞아. 내부가 꽤나 복잡해. 그리고 곳곳에 진법이나, 함 정들도 있어서 외부인의 침입을 완벽히 차단하지."

"하아. 그렇다면 지도를 구해야 하는데 아무리 적화신루라 해도 그게 쉽지는……."

걱정이 되는지 한숨까지 쏟아 내던 백아린이 천천히 말꼬리를 흐렸다.

뭔가를 떠올린 그녀가 혹시나 하는 얼굴로 천무진을 바라봤다.

그녀의 시선에 천무진이 고개를 끄덕였다.

"맞아. 완벽하게는 아니지만 보면 어느 정도 기억날 수준은 될 거야."

"그거참 좋은 소식이네요!"

만약 내부의 지도를 구해야 한다면 시간이 얼마나 걸릴지 가늠할 수조차 없었다. 거기다 힘겹게 지도를 구한다고 해도 그것이 얼마나 정확할지는 알 수 없는 노릇이었다.

그런데 직접 그곳에 가 본 천무진이 어느 정도 기억을 하고 있다고 하니 한결 마음을 놓을 수 있었다.

대화가 얼추 매듭지어지자 백아린이 자리에서 일어났다.

"안 그래도 적화신루에 잠시 의뢰를 넣어야 할 것이 있었는데 그럼 곧바로 두 사람한테 이번 결정을 전달하고, 저는 움직이도록 하죠."

말을 마친 백아린은 곧장 바깥으로 나갔고, 이내 아래층에서 식사를 하고 있던 단엽, 한천과 함께 모습을 드러냈다.

단엽이 입가를 닦으며 물었다.

"뭐야? 중요한 이야기 같던데 벌써 끝난 거야?"

"하여튼 두 분은 우리가 술 먹는 걸 못 보신다니까."

막 입가에 가져다 댔던 술 생각이 나는지 한천이 은근슬쩍 투덜거릴 때였다.

백아린이 말했다.

"부총관, 이번 일정에서 단엽이랑 같이 움직여 줬음 해."

"제가 말입니까?"

"응, 검산파에서 우리가 할 일은 물건을 훔치는 일이 될 거라 많은 인원은 필요치 않거든. 차라리 단엽 쪽에 힘을 실어 주는 게 나을 것 같아."

백아린의 말에 한천은 잠시 움찔했지만 이내 덤덤히 고개를 끄덕였다.

"그리하죠, 대장."

알겠다고 대답하는 한천이었지만, 정작 당사자인 단엽은 당황한 듯 손사래를 쳤다.

"됐어. 뭔 도움이야. 나 혼자서도 충분한데."

"네가 못할까 봐 붙여 주는 게 아냐. 혹시 모를 상황에 대비하려고 하는 거지. 그리고 말한 것처럼 검산파의 일에는 많은 사람이 필요 없기도 하고. 그러니까 그냥 같이 움직여."

"아니, 그래도 괜히……."

백아린의 대꾸에도 뭔가 도움을 받는 것이 머쓱한지 단엽이 말을 이어 가려던 때였다.

천무진이 입을 열었다.

"단엽."

"……?"

"같이 다녀와."

"말은 알겠는데 굳이 내 일에 이렇게까지 신경 쓸 필요가 있겠어?"

그렇게 대답하는 단엽을 향해 천무진이 표정을 찡그린 채로 입을 열었다.

"무슨 멍청한 소리야. 그게 왜 너만의 일이야. 우리의 일이지."

생각지도 못한 천무진의 말에 단엽이 움찔했다.

우리? 우리 일이라고?

단엽은 천무진에 이어 백아린, 그리고 마지막으로 한천에게 시선을 돌렸다.

시간이 지나며 나름 친해지긴 했지만, 이들과 자신의 사이에 대해 깊게 생각해 본 적은 없었다.

어쩌다 보니 얽혔고, 하나같이 재미있는 이들이다.

뛰어난 실력자들이라 언젠가는 한 번씩 싸워 보고 싶은 상대들.

그저 그 정도라 생각했는데…….

그런데 천무진의 그 한마디에 처음으로 단엽은 이들과 자신 사이의 관계가 생각보다 가까울지도 모른다는 생각이 들었다.

단엽이 괜스레 머리를 긁으며 모르겠다는 듯 툴툴거렸다.

"뭔 소린지 모르겠네."

허나 이내 그는 고개를 끄덕였다.

"……그렇게 할게."

"좋아, 그럼 일정대로 오늘은 여기서 쉬고 내일은 두 명씩 나눠서 움직이자고. 추후에 만날 장소는 다시금 일정 계산해서 정리하도록 하고."

천무진의 말이 끝나자 백아린은 옆에 있는 한천을 툭툭 치고는 이내 말했다.

"저희는 잠깐 의뢰를 할 게 있어서 다녀올게요."

"엇, 저는 시켜 둔 술이……."

한천이 아래에 시켜 둔 술이 생각나는지 말을 내뱉다가 이내 가볍게 흘겨보는 백아린의 시선에 다급히 말을 멈췄다.

그러고는 이내 단엽의 어깨를 툭툭 두드리며 말했다.

"제발 나 올 때까지 조금만 기다려."

"약속은 못 하겠는데?"

단엽이 히죽 웃으며 대답했고, 그런 그에게 한천은 울상을 지어 보였다.

한천을 뒤로한 채로 백아린이 먼저 걸음을 옮겼다. 그러자 이내 한천이 재차 단엽에게 말했다.

"꼭 남겨 놔."

그 말을 끝으로 한천은 먼저 움직인 백아린의 뒤를 서둘러 쫓았다.

커다란 마을인 서안이니만큼 이곳에도 적화신루의 거점이 있었고, 의뢰를 하기 위해 두 사람은 그곳으로 걸음을 옮겼다.

그렇게 적화신루의 거점을 향해 나아가던 도중 백아린이 입을 열었다.

"하아, 그나저나 둘을 보내기로 하긴 했는데 영 불안하네."

"뭐가요?"

"술 마시다가 사고 치는 거 아냐?"

"에이, 저희가 무슨 애도 아니고……."

"차라리 애는 혼내기라도 하지."

고개를 절레절레 흔들며 백아린이 중얼거렸다.

그렇게 쓸데없는 이야기를 나누며 걸음을 옮기던 두 사람이 마침내 인적이 없는 장소에 들어섰을 무렵이었다.

한천이 기다렸다는 듯 질문을 던졌다.

"그런데 급히 의뢰를 하실 거라뇨? 그게 뭡니까?"

한천의 질문에 백아린이 답했다.

"단엽에 관해서."

"⋯⋯뒷조사라도 하시려는 겁니까?"

"그럴 리가. 그 녀석처럼 단순무식한 사내를 군이 뒷조사할 게 뭐 있어. 궁금한 게 있으면 그냥 물어보기만 해도 술술 말해 줄걸. 돈도 안 들고 시간도 절약할 방법이 있는데 의뢰는 무슨."

"그럼 뭘 하시려고요?"

물어 오는 한천을 향해 백아린이 곧장 답했다.

"단엽이 죽일 그자에 대해서 알아보려고."

"나환위에 관해서 말입니까?"

"응. 아무래도 그래야 할 것 같아서."

"갑자기 그는 왜요?"

"부총관도 알잖아. 나환위를 죽인 이후 어떤 후폭풍이 밀려올지."

백아린이 준비하려고 하는 건 혈우일패도 나환위가 죽은 이후의 일이었다.

분명 그를 죽임으로써 단엽은 곤란한 상황에 처할 수 있다. 무림에서 선한 인물로 정평이 나 있는 자니까.

직접적인 위험이 생길 수도 있고, 어쩌면 많은 이들을 적으로 돌리게 될지도 모른다.

물론 단엽이 그런 걸 전혀 신경 쓰지 않고 있다는 건 안다. 그 같은 것들이 무서워서 하려는 일을 멈출 사내가 아니었으니까.

그렇다면 어떻게 해야 할까?

만들어 주면 된다.

단엽이 나환위를 죽인 일이 정당하다는 그 명분을 말이다.

그리고 그걸 위해 백아린은 적화신루의 정보망을 움직이려 하는 것이었다.

굳이 자세한 설명을 하지 않았음에도 불구하고 한천은 이미 그녀가 생각하고 있는 것이 뭔지를 눈치챌 수 있었다.

한천이 슬며시 미소를 짓는 그때였다.

백아린이 담담하게 말했다.

"지켜 줘야지. 동료니까."

*　　　*　　　*

여산과 화산이라는 각자의 목적지를 가진 천무진 일행은 함께 동쪽으로 움직이다 이내 원래의 계획대로 두 개의 조로 나눠 이동을 시작했다.

천무진과 백아린은 검산파가 있는 여산.

단엽과 한천은 화산파가 있는 화산으로 말이다.

헤어지는 와중에도 술 마시지 말라는 당부는 잊지 않았다. 물론 그 말을 들을지는 장담할 수 없었지만 말이다.

단엽과 한천이 떠나가고 단둘이 된 천무진과 백아린은 빠르게 여산을 향해 나아갔다.

제법 거리가 있는 화산에 비해 여산은 그리 멀지 않았기에 그날 저녁 즈음, 둘은 목적지에 도착할 수 있었다.

여산 초입에 위치한 연경(聯經)이라는 마을은 예로부터 많은 이들이 오가는 장소였다. 여산과도 맞닿아 있지만, 관도와 중앙 지역을 잇는 교통적 요충지이기도 해서다.

게다가 섬서 지역을 기반으로 하는 장사꾼들의 발길이 끊이지 않고, 좋은 경관을 즐기기 위한 여행객들 또한 쉼 없이 오고 가는 덕분에 이곳 연경은 번화가로 성장하기 충분한 조건들을 지녔다.

사람들이 북적이는 연경으로 들어선 천무진과 백아린은 곧장 어딘가를 향해 움직였다.

길 안내는 백아린이 맡았고, 천무진은 그저 그 뒤를 쫓고만 있었다.

북적이는 연경의 외곽에 위치해 있는 중화객잔.

천무진이 백아린과 함께 들어선 객잔은 외곽에 있기 때문인지 다른 곳에 비해서는 그나마 다소 한산했다.

허나 그럼에도 불구하고 이미 일 층 자리의 절반 이상이 차 있는 상황이었다.

문이 열리며 들어선 두 사람을 향해 한창 바삐 움직이던 젊은 사내가 황급히 고개를 돌리며 인사를 던졌다.

"어서옵⋯⋯."

말을 내뱉던 젊은 사내가 백아린의 얼굴을 보더니 멈칫했다. 허나 이내 그는 능숙하게 말을 이었다.

"아고, 오셨군요. 방은 준비해 놨습니다. 이리로 오시죠."

말과 함께 사내가 성큼 옆에 있는 계단을 통해 위층으로 걸음을 옮겼다. 사내의 반응에 천무진이 고개를 갸웃했다.

자신들은 막 이곳에 도착한 상황, 그런데 마치 미리 이야기라도 해 놓은 것처럼 곧장 방으로 안내해 주는 모습이라니⋯⋯.

허나 의아함도 잠시.

천무진의 어깨를 툭 치며 백아린이 가볍게 고갯짓을 했다.

"뭐 해요? 가죠."

"그러지."

뭔가가 있을 거라 판단한 천무진은 백아린의 말대로 사내의 뒤를 쫓아 위층으로 올라섰다. 그렇게 위층으로 올라선 두 사람은 가장 안쪽에 위치한 방으로 안내를 받았다.

문을 연 사내가 먼저 안으로 들어섰고, 두 사람이 그 뒤를 따라 방에 들어섰을 무렵.

끼익.

열고 있던 문을 닫은 사내가 곧바로 포권을 취하며 예를 갖췄다.

"총관님을 뵙습니다."

"오랜만이야, 석호(石虎)."

이름까지 부르며 인사를 건네는 백아린의 모습을 보며 천무진은 그제야 어렴풋이 하고 있던 자신의 짐작이 들어맞았음을 알 수 있었다.

옆에 서 있던 천무진이 덤덤하게 입을 열었다.

"적화신루 쪽 사람이었나 보군."

"맞아요. 그리고 그건 석호뿐만이 아니죠."

"그건 무슨 소리야?"

"여기 중화객잔이 바로 적화신루의 거점 중 하나거든요."

단순히 이 석호라는 사내가 적화신루의 인물이라고만 생각했거늘, 이 객잔 자체가 섬서성에 있는 거점이었던 것이다.

천무진이 고개를 끄덕이고 있는 그때 백아린이 석호를 향해 물었다.

"부탁한 물건은?"

"당연히 준비해 뒀습니다. 다만 전달받은 것과 최대한 흡사하게 만들어 두긴 했는데 얼마나 비슷할지는 확인을 해 주셔야 할 것 같습니다."

"좋아, 물건부터 가져와 봐."

"옙."

짧게 말을 마친 석호는 곧바로 방 안쪽으로 걸음을 옮기더니, 이내 서랍을 열고 안에 있는 뭔가를 꺼내어 들었다.

새카만 천에 감싸여 있어 정체를 확인할 수 없는 그 무엇인가를 들고 다가온 석호가 그걸 백아린에게 건넸다.

그녀는 곧장 검은 천을 풀어 젖혔다.

스윽.

천 안에 감추어져 있던 것이 모습을 드러냈다.

그 물건의 정체는 다름 아닌 붉은 보석이었다.

주먹만 한 크기의 붉은 보석을 든 백아린이 그걸 천무진을 향해 내밀며 물었다.

"어때요? 비슷해요?"

"흐음."

천무진이 턱을 어루만지며 잠시 눈앞에 있는 붉은 보석

의 모습을 살폈다. 외부는 투명한 붉은색이었지만, 내부에는 마치 먹물을 떨어트려 놓은 것만 같은 새카만 물방울들이 장식되어져 있었다.

사실 눈앞에 있는 이것은 진짜 보석이 아니었다.

허나 중요한 건 이것이 진짜냐, 가짜냐가 아니다.

이것이 천무진이 기억하고 있는 검산파의 보석과 얼마나 흡사한 외형을 지녔는지가 중요했다.

천무진과 백아린의 계획은 바로 검산파의 보석과 이 가짜를 바꿔 놓는 것이었으니까.

둘이 마음만 먹는다면 굳이 이렇게 번거로운 일을 하지 않아도, 검산파의 보석을 훔치는 것 자체는 그리 어렵지 않다.

하지만 그들이 원하는 건 조용히 일을 처리하는 것이었다. 보석이 없어진 걸 안다면 검산파에서도 움직일 수 있는 노릇, 그걸 미연에 방지하기 위해 이 같은 작전을 준비해 둔 것이다.

보석을 살펴보던 천무진이 이내 몇 가지 문제점을 짚었다.

"이것보다 각이 더 많이 졌었어. 그리고 이 검은 물방울무늬는 조금 많으니 줄여야 해. 지금보다 사분지 일 정도 줄이면 딱 맞을 것 같군. 다행인 건 내 기억대로라면 색깔은 아주 흡사해. 조금만 손대면 충분히 속일 수 있을 것 같은데."

자신의 기억을 더듬으며 비슷한 모양의 가짜 보석을 부탁하긴 했지만, 처음부터 이렇게 흡사한 느낌의 물건을 가져올 줄은 몰랐기에 천무진은 무척이나 만족스러웠다.

천무진의 표정에서 그런 그의 마음을 읽었는지 백아린이 한층 밝아진 표정으로 말했다.

"그래요? 딱히 세상에 노출된 적이 없는 보석이라, 잘 안 나오면 어떻게 하나 걱정했는데 그래도 맘에 들어 하시는 것 같아 다행이에요. 그렇다면 지금 말해 준 부분을 고쳐야 할 것 같은데……."

말과 함께 백아린이 석호에게 시선을 돌렸다.

그러자 그가 기다렸다는 듯 답했다.

"곧바로 말씀해 주신 부분을 고쳐서 가져오도록 하겠습니다."

"얼마나 걸리겠어?"

"기술자들을 대기시켜 놔서 하루면 됩니다."

"그럼 바로 부탁할게."

"예, 내일 물건 확인하실 수 있도록 최대한 빠르게 마무리 짓도록 하죠."

서둘러야 하는 일이었기에 석호는 곧장 백아린이 들고 있던 붉은 보석을 건네받았다. 그러고는 가져가는 와중에 노출되는 일이 없도록 다시금 검은 천으로 감싼 모습이 보이지 않도록 만들었다.

보석을 챙긴 석호가 말했다.

"방은 이곳으로 쓰시면 되고, 식사는 알아서 금방 올리겠습니다. 먼 길 오시느라 고생하셨을 텐데 쉬고 계시지요."

"그렇게 해."

"이따가 다시 찾아뵙겠습니다."

말을 마친 석호는 곧장 문을 통해 바깥으로 걸어 나갔고, 이내 방 안에는 천무진과 백아린 단둘만이 남게 되었다.

천무진이 가볍게 방 내부를 둘러보며 입을 열었다.

"객잔인데 신기하게 생겼군."

특이하게도 이곳은 마치 하나의 집과도 같은 구조였다. 연결된 방이 세 개가 있었고, 지금 서 있는 이곳은 거실 겸 집무실로 사용할 수 있을 만큼 넓었다.

"사실 이 방은 적화신루 사람들만 사용하는 곳이거든요. 그래서 조금 특이하게 만들어 뒀죠."

"그나저나 적화신루에서 객잔도 운영하고 있는 줄은 몰랐네."

"눈속임용이죠, 뭐."

애초에 돈을 벌기 위해 객잔을 하는 것이 아니다.

이곳 중화객잔에는 손님들이 꽤나 많이 드나들고 그로 인해 어느 정도 괜찮은 수익이 나는 것도 사실이었으나, 이 정도는 정보 몇 개 파는 걸로도 충분히 충당 가능한 정도였다.

어떤 거냐에 따라 다르지만 그만큼 정보의 가치는 대단했으니까.

그럼에도 불구하고 굳이 번거롭게 이런 곳을 운영하고 있는 이유는 그만큼 객잔이 눈속임하기에 좋은 요건을 갖췄기 때문이다.

신분을 알 수 없는 이들이 드나들어도 전혀 의심할 필요가 없는 곳, 거기다가 오늘처럼 필요에 따라 적화신루의 인원들이 기거할 수 있다는 장점도 있다.

천무진이 근처에 있는 탁자에 가서 자리하자, 마찬가지로 그쪽으로 움직이던 백아린이 갑자기 멈칫했다.

"어?"

그녀가 구석으로 가더니 그곳에 준비되어져 있는 커다란 짐 하나를 풀어헤쳤다. 그러고는 안의 내용물을 확인한 백아린은 고개를 끄덕였다.

"아, 이것도 준비가 끝난 모양이네."

백아린의 중얼거림을 들었는지 천무진이 자리에서 벌떡 일어나 다가왔다.

그녀의 옆에까지 다가간 천무진은 바닥에 놓여 있는 짐 안의 내용물들을 확인할 수 있었다.

그건 다름 아닌 여러 종류의 보석과 장신구였다.

천무진이 의아한 듯 물었다.

"이건 뭐야?"

"뭐긴요. 우리를 검산파로 들어가게 해 줄 물건이죠."

"그게 무슨 소리야?"

"당신한테 들은 대로의 구조라면 검산파에서 보석을 훔치는 것이 꽤나 어려운 일일 것 같더라고요. 그리고 사실 저희가 원하는 건 보석을 바꿔치기하는 걸 검산파가 모를 정도로 조용히 마무리 짓는 거잖아요."

"그렇지."

"밤을 틈타 몰래 잠입하는 것도 방법이긴 하지만 그랬다가는 사실 들킬 위험도 배제할 순 없죠. 그 상황에서 일을 마무리 짓는 거야 가능하겠지만…… 그렇다면 비밀리에 일을 처리하는 건 어려울 테니까요."

백아린의 말에 천무진은 절로 고개를 끄덕였다.

보석을 훔치는 것도 중요하지만 누구에게도 들키지 않고 일을 매듭짓는 부분 또한 그만큼 신경 써야 했다.

그리고 그걸 위해 백아린이 준비한 이 보물과 장신구들.

"들어 볼래요? 제가 짜 놓은 각본이 하나 있는데."

궁금증이 가득한 천무진의 얼굴을 보며 백아린이 의미심장한 웃음과 함께 던진 말.

그런 그녀를 물끄러미 바라보던 천무진이 이내 입을 열었다.

"……말해 봐."

＊　　　＊　　　＊

검산파(劍山派)는 여산에 오랜 시간 터를 잡아 온 유서 있는 문파다.

쓸 만한 무인의 숫자만 무려 천여 명에 달할 정도로 큰 규모를 지녔고, 그 때문에 아무리 구파일방이라 해도 검산파를 쉽게 보지 못했다.

깊은 역사와 무시할 수 없는 힘까지.

그래서 검산파는 섬서에서 손꼽히는 세력 중 하나였다.

그런 검산파를 이끄는 현재 장문인은 이위현(李渭顯)이라는 자였다.

사십 대 초라는 이른 나이에 장문인 직에 올랐고, 약 오년 정도의 시간이 지난 지금 그에 대한 평가는 그리 나쁘지 않았다.

젊은 장문인답게 모험적인 여러 가지 일들을 벌였는데 대부분이 성공적인 결과를 낳았기 때문이다.

그렇게 좋은 평을 받고 있는 이위현에게는 다소 나이 차가 나는 부인이 있었다.

소소홍(김김紅)이라는 여인으로 한때는 섬서에서 미녀로 이름을 날리던 인물이었다.

삼십 대 후반의 나이로 이제는 검산파의 안주인으로 자리 잡은 그녀에게는 하나의 취미가 있었는데, 다름 아닌 값비싼 보석이나 장신구를 모으는 것이었다.

소소홍은 언제나 그리 어렵게 구한 것들을 주변 사람들에게 뽐내는 걸 즐겼다.

그리고 그 대부분은 언제나 그녀가 만드는 다과회에서 이루어졌다.

소소홍이 주최하는 이 다과회는 인근에 나름 세력이 있는 가문이나 문파의 여인들만이 초대받는 자리였다.

종종 멀리에 있는 이를 초대하기도 했지만 대부분 인근 마을에 있는 실세의 여인들이 모이는 자리라고 봐야 옳았다.

그리고 그런 자리에서 주인공이 되는 건 언제나 소소홍이었다.

화려하고 반짝이는 물건들로 언제나 이목을 끌었으니까.

그런데…….

"호호, 어때요? 정말 예쁘죠?"

"그러게요. 역시 서역의 물건이라 그런지 완전히 다르네요."

대화를 나누는 두 명의 여인을 바라보는 소소홍의 표정은 마치 못 먹을 걸 먹기라도 한 것처럼 불편해 보였다.

애써 감정을 감추긴 했지만, 그녀의 심기는 무척이나 좋지 못했다.

벽운세가(霹雲勢家) 가주의 안사람인 부연이라는 여인이 가지고 온 목걸이 때문이었다.

중원에서는 쉬이 보기 어려운 종류의 것으로 화려하면서도 독특한 외양이 단번에 눈길을 잡아 끈다.

그 때문에 여섯 명의 여인들이 자리한 이 다과회의 주인공은 그녀가 되어 버렸다.

소소홍은 괜스레 찻잔을 만지며 슬쩍 부연의 목에 걸린 목걸이를 바라봤다.

마음 같아서는 저 정도는 아무것도 아니라고 콧방귀라도 뀌고 싶었지만, 아무리 그리 생각하려 애써 봐도 자꾸 눈이 가는 걸 보면 소소홍 그녀 또한 저 목걸이가 무척이나 마음에 드는 것이 분명했다.

결국 참지 못한 그녀가 입을 열었다.

"……어디서 그런 물건을 구했어요?"

다과회의 주최자이자 이 모임의 대장 격인 소소홍이 관심을 갖자 부연이 더 신이 난 듯 목소리를 높였다.

"이틀 전에 서역을 오가는 상인이 벽운세가에 들렀거든

요. 그때 구했지요."

"지금도 벽운세가에 있나요?"

"아뇨, 당시에 물건을 팔고 바로 떠났어요."

"그래요? 그럼 그 상인과는 이제 연락이 닿지 않겠네요?"

"그렇긴 한데…… 제가 듣기로는 한동안 연경에서 지낼 거라고 하던데요?"

"연경이요?"

연경이라는 말에 소소홍의 표정이 밝아졌다.

여산의 초입에 있는 그 마을은 검산파의 앞마당이나 다름없었다.

소소홍의 눈치를 살피던 부연은 지금이 그녀에게 점수를 딸 기회라고 여겼는지 슬그머니 나섰다.

"소 부인께서 괜찮으시다면 제가 연결시켜 드릴까요? 사실 제가 사기엔 다소 부담이 돼서 손도 못 댄 물건들도 많았거든요. 소 부인에게 무척 어울릴 것 같던데……."

슬쩍 띄워 주기까지 하자 소소홍의 얼굴이 더욱 펴졌다.

사실 부연이 산 이후에 남은 물건들 중에 골라야 한다는 것 또한 내심 마음에 걸려 하던 차였다. 그런데 가격이 비싸서 손도 대지 못한 물건도 많았다고 하니 오히려 더 잘된 일이었다.

부연과 소소홍이 지닌 재력 자체가 달랐으니까.

소소홍이 웃는 얼굴로 고개를 끄덕였다.

"그렇게만 해 주신다면…… 저야 고맙죠."

4장. 상인
— 손님 오셨습니다

점심시간이 조금 지났을 무렵.

여산을 타고 오르는 일련의 무리가 있었다. 수많은 이들이 오고 가는 여산이니 그리 특별할 것 없어 보이는 그 무리는 다섯 명으로 구성되어 있었다.

그리고 그 다섯 명 안에는 천무진과 백아린이 자리한 상태였다.

둘의 모습은 평상시와 다소 달랐다.

백아린은 즐겨 입던 백의를 벗어던지고 화려한 복장을 걸쳤다. 거기다가 가벼운 변장과 역용술까지 조금 펼쳐 평소 그녀와는 다른 느낌을 풍겼다.

나이는 대략 서른 중반 정도로 보였고, 진짜 모습과는 다소 차이가 느껴지긴 했지만 그럼에도 불구하고 본연의 아름다움은 완전히 가려지지 않은 채였다.

그리고 천무진 또한 백아린처럼 변장과 역용술을 이용해 본래의 얼굴에 변형을 가한 상황이었다.

복식 또한 평소 즐겨 입던 부류의 것이 아닌 평범해 보이는 걸로 바꿔 입었다.

나이 또한 사십 대 이상으로 보이게 만들어 둔 덕분에 평소 천무진과는 많이 달라 보였다.

거기다 천무진과 백아린 두 사람 다 평소 들고 다니던 무기를 지니지 않은 상태였다.

그런 그 두 사람과 동행하는 나머지 세 명.

그들은 적화신루 쪽의 사람들이었다.

백아린을 제외한 나머지 네 명은 각자의 짐을 짊어지고 있었는데, 그 양이 제법 되어 보였다.

이 다섯 명은 저마다 맡은 역할이 있었는데 백아린이 이 무리를 이끄는 우두머리였고, 천무진이 그걸 보좌하는 실무자라고 봐야 했다.

그리고 나머지 세 사람이 짐을 옮기는 잡부의 역할이었다.

백아린이 앞장서서 걸으며 입을 열었다.

"서기관, 그 옷차림 잘 어울리네."

"벌써부터 시작한 거야?"

서기관이라는 말에 천무진이 대꾸했다.

그를 향해 백아린이 웃으며 원래의 말투로 말했다.

"그럼요. 입에 붙어야 할 거 아니에요."

당당하게 말하는 그녀를 향해 결국 천무진도 입을 열어 답했다.

"대상(大商)께서도 잘 어울리십니다."

장사꾼으로 위장을 한 두 사람이 정한 호칭은 이것이었다.

백아린이 대상, 그리고 천무진이 서기관으로 정리가 된 것. 공손하게 말하는 천무진을 보며 백아린이 재미있다는 듯 말했다.

"당신이 하는 존대를 들으니 뭔가 기분이 색다르네요."

"시작하자며?"

"흠흠, 그랬지 참."

백아린이 이내 말투를 바꾸며 웃음을 흘렸다.

그녀가 곧바로 말을 이었다.

"어쨌든 옷이 잘 어울린다니 고맙군."

"평상시에도 그런 옷도 좀 입으시고 하시죠."

"개인적으로 색이 화려한 옷은 별로라."

"왜요? 눈에 띌까 봐요?"

"그렇지. 아무래도 내가 하는 일이 있다 보니 다른 사람들 눈에 너무 튀면 문제가 생길 수 있잖아?"

정보 단체의 인물이니 사람들 눈에 최대한 튀지 않아야 된다 여기는 그녀다.

하지만…….

천무진이 덤덤하게 말했다.

"대상은 옷을 아무리 평범하게 입어도 눈에 띕니다. 옷차림이 문제가 아니죠."

"그럼 뭐가 문젠데?"

"그거야 그 대검하고……."

백아린이 많은 사람들 사이에서 별다른 걸 하지 않고 있어도 이목을 집중시키는 두 가지 이유.

커다란 대검과 감출 수 없는 외모 때문이었다.

볼품없는 장신구조차도 아름답게 만드는 그 외모는 어떠한 화려한 보석보다도 빛났으니까.

순간 머뭇거렸던 천무진이 이내 입을 열었다.

"……예쁜 얼굴 때문이죠."

생각지도 못한 대답에 백아린이 일순 걸음을 멈췄다. 그런 그녀 때문에 덩달아 천무진이 멈추어 섰을 때였다.

백아린이 살짝 당황한 얼굴로 입을 열었다.

"예쁘다고요?"

평상시의 말투로 돌아간 그녀의 모습에 천무진이 미간을 찌푸리며 말했다.

"연습하자고 한 사람이 누구더라."

"아, 미안해요. 잠깐 너무 놀라서요."

놀란 듯한 백아린을 향해 천무진이 혹시나 하는 얼굴로 물었다.

"설마 본인 얼굴에 대한 자각이 없었던 건 아니지?"

"주변에서 하는 말들을 많이 들었으니 당연히 알고는 있었죠. 크게 신경을 안 쓰긴 했지만요."

"알고 있었으면서 뭘 그리 놀래?"

"……그 말을 당신이 할 줄은 몰랐거든요."

평상시 일 때문에 만나던 이들에게 심심찮게 아름답다는 칭찬을 들어 왔던 그녀다. 하지만 언제나 무덤덤하게 고맙다는 형식적인 인사만을 건네며 곧바로 본론으로 들어갔다.

그런 것에 휘둘리는 성격이 아니었으니까.

그런데 이상했다.

천무진에게 들은 그 예쁘다는 말에 백아린은 처음으로 평정심이 흔들렸다.

뭔가 그 말을 신경 쓴다는 생각이 들자 얼굴로 열이 확하고 올라오는 기분이었다. 백아린은 자신의 얼굴이 붉어지는 것을 느끼고는 황급히 고개를 돌렸다.

그녀는 당황한 자신의 모습을 보이기 싫었는지 서둘러 앞으로 걸음을 옮겼다.

그러고는 괜스레 평소보다 큰 목소리로 소리쳤다.

"빨리들 가자고! 해가 진 후에 도착할 생각이야?"

말과 함께 후다닥 멀어져 가는 백아린의 뒷모습을 보며 천무진이 왜 저러냐는 듯한 표정을 짓고 서 있었다.

*　　　*　　　*

여산 중턱에 위치한 검산파.

큰 문파답게 꽤나 많은 손님들이 오가는 곳이기도 했다. 입구에는 긴 줄이 자리했고, 그곳에서 기다리다가 신분을 밝히고서야 안으로 들어갈 수 있었다.

명문 문파답게 조사는 꽤나 삼엄했지만…….

"어디서 오신 누굽니까?"

입구에서 방명록을 적고 있던 서생처럼 생긴 사내가 고개조차 들지 않고 질문을 던진 그때였다.

탁.

탁자 위에 모습을 드러낸 건 하나의 옥패였다.

앞에는 검산파를 뜻하는 검(劍)이라는 글자가, 그리고 뒤에는 소소홍(김김紅)이라는 이름이 새겨져 있었다.

그 옥패를 확인하는 순간 사내는 굳이 이들의 정체를 캐물을 이유가 사라졌다.

옥패를 확인한 그가 힐끔 이것을 가지고 온 무리를 확인했다.

여인 한 명에 사내 넷으로 구성된 이들.

상인으로 위장한 천무진과 백아린 패거리였다.

사내가 말했다.

"잠시만 기다려 주시죠."

말을 끝낸 그는 곧장 입구 쪽에 있는 무인에게 손짓했다. 그러고는 다가온 무인에게 짧게 명령을 내렸다.

"내당의 초대를 받은 손님이시다. 그곳으로 모셔드려."

"넵."

짧게 대답을 마친 무인은 곧장 선두에 서 있는 백아린을 향해 말을 이었다.

"절 따라오시죠."

"그럼 부탁드리지요."

공손한 말투로 대답을 한 백아린은 이내 걸음을 옮기는 무인의 뒤를 쫓아 안으로 들어갔다. 내부로 들어서서 확인한 검산파는 무척이나 컸다.

거기다가 벽으로 가려져 있어 보이지는 않았지만, 곳곳에서 훈련을 연상케 하는 고함 소리들이 퍼져 나왔다.

"합!"

"하압! 합!"

기합 소리와 함께 어우러져 나오는 병장기들끼리의 충돌음 또한 귓가를 어지럽혔다.

지나쳐 가는 무인들의 수준은 꽤나 높아 보였고, 곳곳에 보초를 서는 이들도 즐비했다. 그런 그들의 모습을 확인하던 백아린은 뒤편에서 따라오는 천무진을 향해 슬쩍 시선을 돌렸다.

'이런 곳을 혼자서 뒤집었다고?'

저번 생에서 천무진은 검산파를 혼자서 부쉈고, 그 대가로 꽤나 큰 부상을 입었었다고 전해 들었다.

그 말을 들었을 당시에도 다소 놀라긴 했지만, 막상 이렇게 내부로 들어와 검산파의 위용을 직접 마주하고 있으니 그게 얼마나 어려운 일인지가 피부로 와 닿았다.

그리고 동시에 천무진에 대한 안쓰러움이 치솟았다.

이토록 많은 이들을 죽임으로써 천무진이 짊어졌어야 할 생명의 무게에 대해 느꼈기 때문이다.

그것도 자신의 의지가 아니었다고 하니 더더욱.

뒤에서 짐을 짊어진 채로 백아린을 따르던 천무진이 그녀의 시선을 느꼈는지 슬쩍 고개를 들어 눈빛을 마주했다.

그 눈빛에서 자신을 향한 안타까움을 느껴서일까?

『왜 그래? 할 말이라도 있어?』

『아뇨, 그냥…… 이번 일을 잘 끝내자는 생각이 들어서요.』

과거와는 다른 길을 걷고자 하는 천무진.

그런 그의 조력자로서 그때와는 완전히 다른 방식으로 목표물인 붉은 보석을 손에 넣게 해 주고 싶었다.

피 한 방울 흘리지 않고, 아무런 마음의 상처가 생기지 않은 상태로 말이다.

백아린의 전음에 천무진이 작게 고개를 저으며 답했다.

『싱겁긴. 뭐 그리 당연한 소리를 해.』

천무진의 전음에 백아린은 딱히 할 말이 없었는지 슬쩍 웃으며 대화를 마무리 지었다.

그렇게 계속해서 검산파의 내부를 가로지르며 점점 깊숙이 들어가던 와중에 천무진에게서 전음이 날아들었다.

『거의 다 도착했어. 눈앞에 보이는 저 벽 너머가 내당이야.』

장문인의 아내가 기거하는 장소이니만큼 경비도 다른 곳보다 삼엄했고, 가로막고 있는 벽 또한 견고해 보였다.

천무진의 전음에 백아린은 알겠다는 듯 작게 고개를 끄덕였다.

내당의 입구에 도착하자 그곳을 지키고 있던 무인이 다가왔다.

"무슨 일인가?"

"내당의 손님이시랍니다. 내당에서 직접 주신 옥패를 가지고 오셨습니다."

"저기 혹시……."

내당을 지키고 있던 무인이 백아린을 바라보며 말꼬리를 흐릴 때였다. 미리 약속이 되어 있었기에 그녀가 고개를 끄덕이며 답했다.

"서역의 물건을 파는 상인입니다."

"역시 그러셨군요. 내당주께서 기다리고 계십니다."

내당주는 소소홍을 가리키는 말이었다.

무공은 삼류 무인 수준 정도밖에 되지 않는 그녀였지만 장문인의 아내, 그에 맞는 직책을 주기 위해 내당주라는 자리를 내준 것이다.

백아린의 정체를 확인한 그는 곧장 이곳까지 일행을 안내한 무인을 향해 말했다.

"이곳부터는 내가 안내하겠네."

"알겠습니다. 그럼 저는 이만 물러가지요."

말을 끝낸 무인은 곧장 백아린을 향해서도 포권을 취해 보이고는 왔던 방향을 향해 몸을 돌려 걸음을 옮겼다.

그리고 이내 내당의 입구를 지키던 무인이 백아린에게 말을 걸었다.

"여기서부터는 절 따라오시죠."

"알겠습니다."

무인은 입구를 지키고 서 있는 다른 이들을 향해 물러서라는 듯 눈짓을 했다. 그러자 입구에 있던 이들이 문을 열며 들어갈 수 있는 길목을 비워 줬다.

안내를 해 주겠다 말한 무인이 곧장 말했다.

"자, 이리로."

말을 끝낸 그가 백아린 일행을 데리고 내당 안으로 들어섰을 무렵이었다.

소소홍이 기거하는 내당은 단순히 그녀만의 거처는 아니었다. 이곳은 꽤나 많은 이들이 지냈고, 당연히 그 크기 또한 무척이나 컸다.

백아린이 미리 준비된 말을 꺼냈다.

"지금 어디로 가는 겁니까?"

"당연히 내당주님께 안내를……."

"그 전에 잠시 짐을 좀 풀었으면 하는데 혹시 장소가 없을는지요?"

"짐을 말입니까?"

"네. 보시다시피 물건이 좀 많아서 말입니다. 귀한 물건들이라 보기 좋게 풀어 두기 위해서는 좀 널찍한 공간이 필요해서요."

말과 함께 백아린이 뒤편에 있는 다른 이들을 향해 시선을 돌렸다. 꽤나 큰 봇짐을 짊어지고 있는 네 명의 사내들. 그들을 살핀 무인이 이내 이해가 된다는 듯 고개를 끄덕였다.

"흐음, 그렇군요. 어디가 좋으려나."

무인은 곧장 주변을 두리번거렸다.

건물들은 꽤나 많았지만, 그가 찾고자 하는 곳은 빈방이었다.

사람들의 눈을 피하기 위해서였다.

아무리 검산파 장문인의 아내라고는 하지만 너무 과한 사치를 부린다면 당연히 안 좋은 구설수에 휘말리기 마련.

값비싼 물건들을 파는 상인들을 자주 이곳 내당으로 불러들였던 경력이 있는 소소홍은 그때마다 매번 사람들의 눈을 피하려 애썼다.

상인을 불러들이는 것만으로도 뒷말이 나오긴 했지만, 그래도 최소한 사들이는 물건만큼은 드러나지 않게 하기 위해 신경을 쓰는 것이었다.

그리고 이곳 내당을 관리하는 무인인 사내가 그런 사실을 모를 리 만무했다.

적당한 장소를 찾던 그의 시선이 이내 어딘가에 이르러 멈췄다.

비어 있는 거처이기도 했고, 아무나 쉽사리 드나들 수 없는 곳이기도 한 장소가 눈에 들어온 것이다.

그가 건물이 있는 방향을 가리키며 말했다.

"저쪽으로 가시죠."

무인의 안내를 받으며 상인으로 위장한 그들이 곧장 빈 건물로 향했다.

그리고 이내 그 입구에 도착하자 백아린이 짐을 짊어지고 있는 수하들에게 재빨리 명령을 내렸다.

"안으로 들어가서 보기 좋게 짐들 풀어 놔. 그리고 서기관은 날 따라오고."

"예, 대상."

천무진이 자신이 지고 있던 짐을 옆에 있는 이에게 넘기고는 빠르게 백아린에게 다가왔다.

천무진과 눈빛을 주고받은 그녀가 안내를 해 주는 무인에게 곧바로 말했다.

"수하들에게 명령을 해 뒀으니 이제 내당주님을 뵈러 가면 될 것 같습니다."

"알겠습니다, 그럼."

말을 마치는 순간 무인이 갑자기 허공을 향해 가볍게 손가락을 튕겼다. 그러자 거짓말처럼 네 명의 무인들이 하늘 위에서 뚝 하고 떨어져 내렸다.

"헛!"

갑작스레 등장한 그들의 모습에 백아린이 깜짝 놀란 것처럼 숨을 들이켰지만…….

깜짝 놀란 듯한 겉모습과 다르게 백아린은 전혀 당황하지 않았다. 이미 내당 곳곳에 숨어 있는 무인들의 기척을 알아차린 상태였으니까.

상인 연기를 해야 하는 입장이었기에 이런 이들의 움직임에 놀라는 척 시늉을 해 보이는 것뿐이었다.

안내를 담당하던 무인이 놀란 연기를 해 보이는 백아린을 향해 너털웃음을 터트리며 말했다.

"하하! 놀라게 해 드렸다면 죄송합니다. 내당주님 외에는 누구도 들이지 못하게 지켜야 해서요."

"……과연 검산파군요."

감탄한 듯한 목소리에 그는 흡족한 미소를 지은 채로 고개를 끄덕였다.

"이곳은 중요한 곳이니까요. 그럼 이제 안내를 해 드리도록 하겠습니다."

말을 마친 그는 수하들에게 이곳을 잘 지키라는 명령을 남기고는 곧장 백아린과 천무진을 대동한 채로 더욱 안쪽을 향해 걷기 시작했다.

워낙 내부가 넓어서인지 그로부터 꽤나 한참을 걸어서야

도착한 곳.

그곳은 겉보기부터 다른 곳에 비해 한층 더 신경 쓴 티가 역력한 거처였다.

오고 가는 시녀들의 숫자도 많은 것이 무척이나 중요한 인물이 기거하고 있다는 걸 말해 주는 듯했다.

무인을 따라 이동한 두 사람이 도착한 곳은 커다란 문 앞이었다.

입구에 선 무인이 입을 열었다.

"내당주님, 손님 오셨습니다."

말이 끝나는 그 순간이었다.

타다다다닥.

급한 발걸음 소리와 함께 이내 그 인기척이 문 건너에 도달하는 그 순간.

벌컥!

문이 열리며 안쪽에서 꽤나 아름다운 여인이 모습을 드러냈다. 그리고 동시에 방 안에 있는 향로에서는 짙은 꽃향기가 밀려 나왔다.

여인의 화려한 복식에 어울리는 방 내부의 모습 또한 눈에 들어왔다.

다급히 문을 연 이 여인이 바로 이곳 내당의 주인이자 장문인의 아내인 소소홍이었다.

그녀가 화색을 띤 채로 입을 열었다.

"온다는 말은 들었지만, 이리도 빨리 올 줄이야."

잔뜩 상기된 표정의 그녀를 향해 백아린이 포권을 취하며 준비된 말을 던졌다.

"검산파 안주인님의 부름인데 열 일 제쳐 두고라도 와야지요."

"호호, 그런가? 그리 생각해 주다니 고맙군."

말을 마친 그녀가 곧장 안으로 걸어 들어가며 말을 이었다.

"우선 안으로 들어들 오게."

"네, 그럼 실례하겠습니다."

말과 함께 백아린이 먼저 성큼 안으로 들어섰다. 그리고 그 뒤를 따라 천무진 또한 기다렸다는 듯 안으로 걸음을 옮겼다.

그렇게 들어선 방 내부.

천무진의 시선이 천천히 주변을 훑었다.

가장 먼저 눈에 들어오는 건 당연히도 소소홍이었다. 천무진은 그녀의 얼굴을 어렴풋이지만 기억하고 있었다.

물론 전생에 천무진이 본 소소홍은 지금보다 훨씬 더 나이를 먹은 후의 모습이었지만 말이다.

이윽고 방 내부를 훑어보던 천무진의 시선이 멈춘 곳.

그곳에는 왠지 익숙하게 느껴지는 커다란 책장 하나가 자리하고 있었다.

그리고 이 방 내부의 다른 것들 또한 천무진의 눈에 익었다.

그럴 수밖에 없었다.

왜냐하면 천무진이 찾고 있는 그 검산파의 숨겨진 보석이…….

이 방 아래에 숨겨져 있었으니까.

5장. 바꿔치기
― 끝낸다

　방 내부를 살피던 천무진의 표정이 한결 풀어졌다. 혹시나 뭔가가 바뀌었으면 어쩌나 하는 고민이 있었는데…….

　'다행히도 중요한 건 그대로군.'

　비밀 공간으로 통하는 입구가 있는 책장.

　그리고 그 책장을 움직일 수 있게 만드는 장치들까지도 과거의 삶에서 봤던 그대로다.

　순간 백아린의 전음이 날아들었다.

　『어때요? 그 비밀 통로를 찾을 수 있겠어요?』

　『응, 내 기억 그대로야.』

　『다행이군요. 그럼 이제부터 계획대로 움직이죠.』

일을 진행하는 데 있어 아무런 문제가 없다는 것까지 확인한 이상 이제부터는 계획대로 움직이기만 하면 그만이다.

소소홍이 앉아 있는 곳으로 다가간 백아린이 먼저 입을 열었다.

"정식으로 인사드리지요. 제가 서역과의 거래를 맡고 있는 대상입니다. 그리고 뒤편에 있는 이 친구가 서기관입니다."

"뵙게 돼서 영광입니다."

천무진이 공손하게 인사를 건넸지만, 소소홍은 그런 그에게는 별다른 시선조차 주지 않았다.

그녀의 관심은 서역에서 건너온 보석과 장신구들이었으니까.

소소홍이 눈을 빛내며 물었다.

"서역에 있는 특이한 물건들을 많이 가지고 있다 들었다. 맞느냐?"

"네, 맞습니다. 아마 중원에서 저희만큼 많은 물건을 지닌 상단은 없을 겁니다."

"그래?"

자신감 가득한 백아린의 말투에 소소홍은 흡족한 미소를 지었다.

허나 이내 그녀가 고개를 갸웃하며 말을 이었다.

"그런데 분명 물건을 가지고 온다 들었는데?"

"물론 가지고 왔지요. 이곳 내당의 다른 곳에 가져다 두었습니다."

"다른 곳에? 왜 굳이?"

"이 방 안에 풀어 두기엔 양이 꽤나 많으니까요. 거기다가 여기는 오가는 이들이 많지 않습니까."

백아린의 말에 소소홍의 얼굴이 다시금 밝아졌다.

그녀가 만족스럽다는 듯 고개를 끄덕이며 말을 받았다.

"대상이 뭔가를 아는군. 마음에 들어."

"물건들은 모두 다 각자 정해진 주인이 있는 법이지요. 하물며 그것이 값비싼 물건이라면 더더욱 그 가치를 알아보는 주인을 만나야 하지 않겠습니까?"

"구구절절 옳은 소리야."

"그럼 어디 내당주님의 마음을 사로잡을 물건이 있는지 확인하러 가 보실까요?"

"당장 가지."

잔뜩 상기된 표정으로 소소홍이 자리에서 벌떡 일어났다.

그 순간 기다렸다는 듯 천무진이 입을 열었다.

"내당주님께 드릴 게 하나 있습니다."

"나한테?"

뭐냐는 듯이 천무진을 바라보는 그때, 기다렸다는 듯 그가 품 안에 넣어 두었던 무엇인가를 꺼내어 들었다.

품에서 나온 것은 값비싸 보이는 천이었다.

허나 천무진이 보여 주려는 건 그 천이 아니었다.

그가 빠르게 천을 풀었고, 이내 그 안에서 모습을 드러낸 건 나무판자들이었다.

그런데 그 면면이 모두 화려했고, 나무판자의 여러 부분에 보석들이 박혀 있었다. 그리고 어떤 것 위에는 새하얀 옥으로 보이는 커다란 손잡이까지 달려 있었다.

한눈에 봐도 값비싸 보이는 물건.

그렇지만 분해가 되어 있는 탓에 소소홍은 이 물건의 정체를 파악하지 못했다.

그녀가 물었다.

"이건 뭐지?"

"보석함(寶石函)입니다."

"이게 보석함이라고?"

"예, 비밀리에 가지고 오기 위해 분해를 해서 한눈에 알아보기 힘드시겠지만, 다시 합치면 커다란 보석함이 됩니다."

"비밀리에 가져오기 위해 분해를 했다고? 왜?"

"그건……."

말을 내뱉던 천무진이 잠시 뜸을 들이더니 이내 자그마한 목소리로 말을 이었다.

"이건 대상께서 내당주님께 드리기 위해 같이 온 다른 이들도 모르게 가져온 개인적인 선물이기 때문입니다."

"개인적인 선물?"

말을 하며 소소홍이 백아린을 향해 고개를 돌렸다.

그러자 백아린이 웃는 얼굴로 말을 받았다.

"서역에서도 구하기 어려운 귀한 물건입니다. 사실 보석보다도 보석함의 재질인 나무가 훨씬 더 귀한 것이지요. 어지간한 충격에는 절대 깨지지 않거든요. 저도 어렵사리 손에 넣은 물건인데…… 내당주께서 사용하시면 좋을 것 같아서요."

소소홍이 놀란 눈으로 천무진의 손에 들린 분해된 조각들을 바라봤다.

한눈에 봐도 화려해 보이는 외형이 무척이나 값비싼 물건이라는 걸 말해 주고 있었다.

그 모습에 그녀는 절로 군침을 삼켰다.

화려한 겉모습도 마음에 들지만, 중원의 것이 아닌 서역의 물건.

다른 이들은 돈이 있어도 구하지 못할 물건이라는 사실이 더욱 구미를 당기게 만든다.

완전히 넋을 잃은 듯 바라보는 소소홍을 향해 백아린이 쐐기를 박듯 말을 이었다.

"내당주님과 좋은 관계를 가지고 싶은 개인적 바람으로 드리는 선물입니다. 저희 상단과는 별개로 말이지요."

백아린의 그 말에 소소홍의 눈이 이채가 돌았다.

어느 정도 감을 잡은 것이다.

'개인적으로 나와 관계를 가지고 뭔가를 하려는 모양이 구나.'

바라는 것이 있기에 주는 선물.

그렇지만 소소홍은 상관없었다. 이런 좋은 물건을 구해 줄 수 있는 이라면 자신 또한 언제든 환영이었으니까.

고개를 끄덕이며 소소홍이 답했다.

"그래서 이 보석함만 따로 빼놓은 게로군."

"그렇지요. 상단의 물건이라면 금액을 받아야겠지만, 이 건 제 개인적인 선물이니 딱히 뭔가를 주실 필요도 없고요. 다만 비밀리에 드리는 선물이니 저한테서 받으셨다고 하시 면 안 됩니다."

의미심장한 표정과 함께 말을 내뱉는 백아린을 보며 소 소홍이 입을 가린 채로 웃었다.

"호호, 이거야 원 어째야 하나."

"그럼 받아 주시는 걸로 알겠습니다."

"대상이 이리도 권하니 어쩔 수 없군그래. 내 받아서 잘 쓰도록 하겠네."

못 이기는 척 받겠다는 뜻을 내비치는 소소홍을 보며 백아린 또한 미소를 머금었다.

계획의 일부가 완전히 먹혀들었음을 직감했다.

'완벽하게 통했네.'

이 모든 작전들은 그냥 단순하게 준비된 것이 아니다.

적화신루의 많은 정보들을 규합하여 소소홍이라는 인물이 지닌 개인적 습관을 비롯해 좋아하는 것, 취미나 평소 성격을 완벽하게 파악한 후에 만들어진 치밀한 작전이었다.

승낙이 떨어지자 백아린이 기다렸다는 듯 입을 열었다.

"이 보석함을 다시금 조립해야 할 터인데 그건 서기관에게 맡기도록 하지요. 보통 물건이 아니라 아무나 조립하기엔 어렵거든요."

"그렇게 하도록 해."

뜻하지 않은 선물까지 받아 한층 기분이 좋아진 소소홍이 흔쾌히 대답할 때였다.

백아린이 곧바로 본론으로 들어섰다.

"그럼 서기관을 이곳에 두고 가도 될는지요?"

"여기에?"

"네, 비밀리에 드리는 선물이라 다른 상단 식구들 앞에 노출시키긴 어려워서요. 정 불편하시다면 인근의 다른 장소를 잡아 주셔도 되긴 합니다. 어차피 제가 가져온 물건을 다 보신 후에 이곳으로 다시 돌아와 이야기를 나눠야 할 공산이 크지 않을까 싶긴 한데……."

백아린이 말꼬리를 흐렸다.

굳이 그런 번거로운 일을 할 필요가 있냐는 듯한 말투.

이곳은 소소홍의 방이었지만 값비싼 물건들을 놔두는 곳은 아니었다.

이 방은 잠을 자고 시간을 보내는 곳일 뿐이다.

그리고 결정적으로 이 같은 제안을 던질 수 있었던 이유는 바로 천무진에게서 들은 하나의 이야기 때문이다.

그건 바로…… 이 방에 숨겨져 있는 비밀 통로의 존재를 소소홍이 몰랐다는 거다.

만약에라도 그 비밀 통로에 대해 안다면 설령 이곳에 아무런 물건이 없다 해도 외부인 혼자만 두는 것이 탐탁지 않을 것은 자명한 사실.

그래서 담담한 척하고 있었지만 백아린의 속내는 그렇지 않았다.

계획과 달리 그녀가 천무진을 다른 곳에 보내려고 한다면 결국 이곳에 다시금 잠입을 해야 하는 상황이 된다.

물론 그렇게 된다면 어떻게든 그에 맞는 다른 작전을 펼칠 생각이지만 그럴 경우 외부에서 침입자가 있었다는 사실까지 완벽히 감추긴 어렵다.

그 말은 곧 최악의 경우 애써 바꿔치기한 가짜 보석의 정체가 드러날 수도 있다는 소리다.

그렇게 백아린이 긴장한 속내를 감추고 있는 바로 그때.

"……그렇게 하지 뭐."

그리 긴 고민도 없이 고개를 끄덕이는 소소홍의 모습을 보며 백아린은 천무진의 말이 맞았다는 걸 확인할 수 있었다.

오히려 이런 보석함을 핑계 삼지 않고 이곳에서 기다리겠다 말했어도 들어주지 않았을까 싶을 정도로 고민 없는 모양새였다.

물론 이 모든 건 비밀 통로의 존재를 모르기에 할 수 있는 반응이었겠지만 말이다.

소소홍이 천무진을 향해 말했다.

"다녀올 때까지 잘 만들어 두도록 해."

"그리하도록 하겠습니다."

"가도록 하지, 대상."

"예, 그럼 눈이 휘둥그레지실 만한 물건들을 보여 드리러 가지요."

"호호, 기대할게."

말과 함께 걸어 나가는 두 사람의 뒤로 천무진이 포권을 취해 보였다.

그리고…….

탁.

문이 닫히는 순간 천무진의 표정이 돌변했다.

그는 우선 손에 들려 있던 보석함의 나무를 움켜쥐었다. 조립하는 데 어렵다고 했던 것과는 다르게 너무도 수월하게 모서리들을 맞춘 채로 천무진은 빠르게 보석함을 조립해 나갔다.

팍팍팍.

단 몇 번의 움직임만으로 완성된 보석함을 천무진은 탁자 한 곳에 가볍게 던져두었다.

그러고는 곧장 들어오자마자 확인했던 책장을 향해 다가갔다.

툭툭.

손으로 쳐 본 책장은 무척이나 단단하게 고정이 되어 있었다. 거기다가 책장 안을 가득 채우고 있는 서책들까지.

방의 주인인 소소홍이 읽을 거라고는 전혀 생각되어지지 않는 낡은 고서들을 바라보던 천무진의 손이 천천히 움직였다.

그러고는 이내 한 권의 서책을 꺼내어 들었다.

천무진의 손에 들린 서책은 부드러운 종이로 된 평범한

것들과는 달리 겉표지가 다소 딱딱한 재질이었다.

마치 단단한 나무로 만들어진 느낌이라고 해야 할까?

천무진은 서책이 꽂혀 있던 쪽으로 몸을 밀착하더니 이내 손을 뻗어 안쪽에 있는 자그마한 구멍 사이로 검지를 밀어 넣었다.

그러고는 손에 들린 단단한 서책의 앞과 뒤를 반대로 돌리더니 아래쪽에 있는 빈 공간에 가져다 놓았다. 그러고는 이내 그걸 벽 쪽을 향해 강하게 눌렀다.

그러자…….

끼릭.

서책이 갑자기 밀리듯이 벽 안쪽으로 들어갔고, 그 순간 천무진이 책장 안쪽 빈 공간에 박아 넣었던 검지의 끝자락에 무엇인가가 걸렸다.

기다렸다는 듯 천무진이 손가락을 움직였다.

탁.

이음새가 풀리는 소리가 나는 것과 동시에 책장이 반으로 갈라지며 양쪽으로 움직였다. 동시에 벽에 박아 넣었던 서책은 바깥으로 튕겨 나왔다.

크르릉.

아주 자그마한 소리와 함께 모습을 드러낸 건 지하로 향하는 계단이었다.

천무진은 일말의 망설임도 없이 계단을 향해 발을 뻗었다. 그러고는 이내 어두운 아래를 향해 빠른 속도로 움직이기 시작했다.

계단의 끝까지 내려선 천무진이 반대편을 향해 시선을 돌렸다.

한 치 앞을 분간하기 어려울 정도의 어둠.

그렇지만 천무진은 알고 있었다.

이 길의 끝에 있을 그 붉은 보석의 존재를 말이다.

천무진이 옆에 있는 벽을 어루만지자 열려 있던 비밀 공간이 닫히며 지하 공간에 존재하던 자그마한 빛조차 사라졌다.

새카만 어둠 속에서 천무진의 두 눈동자만 빛나던 그 순간.

탁.

손가락을 튕기는 소리와 함께 천무진의 손바닥 위로 불꽃이 피어올랐다.

마치 횃불을 든 것 같은 모양새였다.

'소소홍이 돌아올 때까지 주어진 시간은 짧으면 이 각. 길면 반 시진.'

그 안에 천무진은 이곳에 감춰져 있는 붉은 보석을 훔치고, 아무렇지 않게 원래의 자리로 돌아가 있어야만 했다.

이 길에는 꽤나 많은 장치들이 존재한다.

차라리 힘으로 돌파를 하라고 하면 오히려 쉽겠지만 지금 천무진의 목적은 아무런 흔적도 없이 이곳을 지나갔다 나가는 것이었다.

당연히 그 어떠한 기관진식도 펼쳐지게 해서는 안 됐다.

그런 연유로 그리 여유가 있진 않았지만…….

'일각으로 끝낸다.'

천무진이 앞을 향해 발을 내디뎠다.

*   *   *

천무진의 한 걸음 한 걸음은 신중했다.

아예 기관진식의 발동을 막기 위해서는 내부의 모든 구조를 완벽하게 파악해야만 한다. 그렇지만 아쉽게도 천무진의 기억에는 한계가 있었다.

검산파의 일은 그나마 자세하게 기억하는 사건 중 하나.

그렇지만 모든 기관진식을 기억하는 건 무리였다.

거기다 당시에는 기관진식을 피하기보다는 파괴를 하는 쪽으로 갔기에 더더욱 지금과는 달랐다.

그랬기에 천무진은 주변의 있는 모든 것에 신경을 집중시킬 수밖에 없었다.

그렇게 절반 가까이를 완벽하게 지나쳐 왔을 무렵.

천무진의 눈에 멀리 있는 무엇인가가 조금씩 눈에 들어왔다.

그것은 바로 이곳에 숨어든 목적인 붉은 보석이었다. 지금의 통로보다 넓어지는 위치에 자리하고 있는 붉은 보석이 영롱한 빛을 쏟아 내고 있었다.

붉은 보석이 시야에 들어오게 되니 조급해질 법도 하련만 천무진은 전혀 흔들리지 않았다. 오히려 이곳부터 더욱 귀찮은 기관들이 즐비하다는 사실을 알아서다.

두어 걸음 더 나아가던 천무진이 갑자기 움직임을 멈췄다.

그가 위쪽을 확인하고는 주변을 살폈다.

'이쯤에서 창들이 쏟아져 나왔던 것 같은데…….'

기관에도 여러 가지 종류가 있다. 사용되면 흔적이 남는 것들, 그리고 나타났다가 사라지는 것들.

그리고 이 창은 나타났다가 다시금 구멍 안으로 빨려 들어갔다.

그 말은…….

'돌파한다.'

흔적이 남지 않는 기관이었기에 굳이 시간을 잡아먹으며 작동을 막기 위해 애쓰기보다는 빠르게 돌파하는 쪽으로

결단을 내린 것이다. 그렇게 생각을 정하고 발을 내딛는 그
순간.

츄츄츄츄!

위에서 마치 비처럼 창이 내려와 박혔다.

하지만 이미 천무진은 그곳에 없었다.

요리조리 몸을 비틀며 순식간에 거리를 벌린 천무진은
이미 그 기관의 범위에서 빠져나간 후였다.

그리고 땅으로 떨어져 내렸던 창은 곧이어 다시금 원래
쏟아져 나왔던 위쪽으로 스르륵 끌려 올라가 모습을 감췄
다.

빠르게 움직이며 흐트러진 머리카락을 가볍게 쓸어 올린
천무진은 이내 앞으로 시선을 돌렸다.

거리는 조금 더 가까워졌지만…… 그만큼 함정 또한 많
아졌다.

몇 개의 기관을 피해 낸 그가 갑자기 멈추어 섰다.

천무진이 손가락을 움직였다.

그의 손가락에 맺혀 있던 다섯 개의 기운이 빠르게 주변
으로 퍼져 나갔다.

파파팍!

벽과 바닥 곳곳에 지공이 틀어박히는 순간이었다.

끼릭.

조그마한 소리가 나왔고, 천무진은 그 틈을 이용해 빠르게 걸음을 옮겼다. 지금 이 지공을 통해 잠시나마 기관의 작동을 멈춰 뒀던 것이다.

피어오르는 흙먼지, 그렇지만 그 외에는 별다른 변화가 없었다.

이내 천무진의 시선이 바닥으로 향했다.

모든 기관진식들을 통과한 상황.

그렇지만 가장 큰 문제가 되는 곳을 목전에 두고 있었다.

바닥에는 수백여 개의 족적이 뒤엉키듯 자리하고 있었지만, 천무진은 알고 있었다.

저 중에 두 개를 제외하고는 전부 기관을 발동시키는 함정이라는 사실을.

두 개를 다 기억하지는 못했지만 하나만큼은 정확하게 알고 있었다. 허나 문제는 한 걸음만으로 저 기관들을 돌파해 냈다가는 곧바로 이곳에 있는 수백여 개의 암기들이 쏟아져 나온다는 거다.

낮게 날아오르면서 정확하게 다음 장소를 밟아야만 함정이 발동하지 않는다.

천무진은 기억을 더듬었다.

'당시에 날아올랐던 거리를 생각해 보면……'

앞으로 도약했던 보법, 그리고 천장과의 거리를 계산했고 이내 자신의 당시 상태까지 머리에 그렸다.

대충의 거리는 알고 있었고 결국 천무진의 시선에 들어온 건 두 개의 발자국.

오른 발자국과 왼 발자국.

과연 어느 것이 답일까?

확실히 알고 있는 첫 발자국이 오른쪽이니, 상식적으로 봤을 때 착지는 반대편 발인 왼쪽일 공산이 크긴 하지만 그것만으로 판단하기엔 위험 부담이 너무 컸다.

표정을 구긴 채로 천무진은 계속해서 그날의 기억을 떠올리려 애썼다.

작은 거라도 좋다.

뭐라도 기억해 내야만 한다.

'어느 발로 착지를 했지? 오른발? 왼발?'

백아린에게도 완벽하지는 않다 말했던 이유가 바로 이곳 때문이었다. 통로에 있는 마지막 관문, 그리고 가장 확실하지 않았던 기억.

다행히 수백 개 중에 두 개를 추려 내는 데 성공했다. 그렇다면 확률은 절반.

시간은 조금씩 흘렀고, 결국 아무런 것도 기억해 내지 못한 지금 천무진은 반반의 확률에 기대를 걸어야만 했다.

'간단하게 생각하자. 꼬아서 생각했다가는 오히려 틀릴 수도 있어.'

오른발로 도약하니 착지는 왼발일 거라는 상식.

너무도 당연하니 함정이라 생각할 수 있기에…….

천무진은 결정을 내렸다.

'왼발로 간다.'

결정을 내렸으니 망설이지 않았다. 천무진은 곧바로 확실한 발자국을 밟으며 앞으로 날아올랐다.

슈욱.

순식간에 목표한 곳까지 몸을 날린 천무진이 왼발을 앞으로 내뻗는 바로 그때였다.

그의 머릿속을 스치고 지나가는 하나의 기억.

피잇!

바닥을 적셨던 한 줄기의 핏자국.

그것은 천무진의 다리에 난 상처에서 터져 나온 것이었다.

그리고 그때 부상을 입었던 다리는…….

'오른발!'

번개처럼 생각이 스쳐 지나가는 순간 천무진은 허공에서 재빠르게 발을 바꿨다. 동시에 오른 발자국이 새겨진 장소를 발로 찬 그가 데굴데굴 바닥을 구르며 안쪽으로 굴러 들어갔다.

찰나의 순간 떠오른 기억으로 동물적으로 내린 판단.

그 결과는······.

천무진은 가만히 뒤에 있는 공간을 바라봤다.

그리고 그곳에서는 아무런 일도 없었다.

"휴."

천무진은 안도의 한숨을 내쉬었다. 다쳤던 다리에서 터져 나왔던 그 핏줄기를 기억해 내지 못했더라면 왼발을 디뎠을 테고, 그랬다면 곧장 이 비밀 통로 안에 있는 가장 큰 기관이 움직였을 것이다.

바닥으로 굴렀던 천무진이 몸을 일으켜 세웠다.

자리에서 일어난 그가 천천히 몸을 돌렸고, 그곳에는 허리 높이 정도가 되는 탁자 하나가 자리하고 있었다. 그리고 그 탁자 위에 놓여 있는 붉은 보석.

검산파의 숨겨진 보석이 바로 눈앞에 자리하고 있었다.

검은 물방울무늬가 내부에 잔뜩 새겨져 있는 붉은 보석을 향해 다가간 천무진은 품 안에 손을 넣었다. 그리고 나온 그의 손에는 지금 눈앞에 있는 이 붉은 보석과 너무도 흡사한 모조품이 들려져 있었다.

내부의 검은 물방울무늬에서 조금 차이가 있긴 했지만, 이 정도라면 매일 보는 이라고 해도 분간하기 어려운 수준이다.

천무진의 기억과 적화신루의 능력으로 만들어 낸 진짜와 너무도 흡사한 모조품.

보석은 돌로 된 받침대에 안기듯 싸여 있었다.

그곳으로 다가간 천무진이 가볍게 보석의 윗부분을 건드린 직후였다. 그가 빠르게 손을 뒤로 당겼다. 그리고 마치 기다렸다는 듯 돌 안에서 고슴도치의 가시를 연상케 하는 빼곡히도 많은 비침들이 솟구쳐 올랐다.

차차차착!

가시처럼 곤두선 비침들.

천무진은 그 비침들을 가만히 바라보다 이내 혀를 찼다.

'예전에 이것에 당했었지.'

보석을 손에 쥐는 순간 날카롭게 치솟은 비침에 상처를 입었었다. 그 때문에 지독한 독에 중독당해 상당히 긴 시간을 고생했던 기억이 있었다.

그걸 기억하고 있었기에 천무진은 이토록 먼저 비침들이 작동을 하게 만든 것이다.

곧 천무진이 아무렇지 않게 보석을 집어 들었다.

그러자 고슴도치의 가시처럼 치솟아 올랐던 비침들이 다시금 돌 안으로 모습을 감췄다.

그는 손에 들린 붉은 보석을 말없이 바라봤다.

천 명이 넘는 검산파의 무인들을 죽이고서야 손에 쥐었던 이 붉은 보석.

그 보석을 지금 천무진은 이리도 쉽게 손에 넣을 수 있었다.

단 한 명도 죽이지 않고 말이다.

그때와는 완전히 달라진 자신의 상황에 잠시 감회에 젖어 있던 천무진은 곧 정신을 차렸다. 늦은 건 아니었지만 이곳에서 머뭇거릴 시간은 없었다.

천무진은 곧바로 다른 손에 들려 있는 모조품을 진짜가 있던 자리에 올려놨다.

원래부터 헷갈릴 정도로 비슷했던 모조품은, 진짜의 자리를 차지하자 더욱 그럴싸하게 보였다.

천무진은 곧바로 훔친 진짜 붉은 보석을 품 안에 넣은 채로 몸을 돌렸다.

보석을 손에 넣기 위해 올 때는 기관진식들 때문에 시간을 끌 수밖에 없었지만 갈 때는 아니었다.

이미 들어오면서 완벽히 파악을 한 탓이기도 했고, 기관진식들 중 절반 이상이 돌아가는 길에는 반응을 하지 않기 때문이다.

덕분에 너무도 수월하게 비밀 통로를 거슬러 올라온 천무진은 입구를 열고 바깥으로 걸어 나왔다.

어두운 비밀 통로를 벗어나 마침내 소소홍의 방 안으로 돌아온 천무진은 자신이 건드린 것들을 모두 원상태로 돌려놓기 시작했다.

잠시나마 드러났던 비밀 통로가 다시금 모습을 감췄고, 이곳을 여는 데 중요한 역할을 하는 서책 또한 원래의 위치에 자리시켜 놨다.

그렇게 모든 뒷수습이 끝나자 천무진은 자리에 앉았다. 그리고 탁자에 대충 던져 놨던 보석함을 앞에 둔 채로 마치 이것을 계속 만들었던 것처럼 모습을 꾸몄다.

모든 마무리가 끝나자 천무진은 잠시 의자에 기대 깊은 숨을 내쉬었다.

"하아."

계획대로 모든 일이 깔끔하게 끝났고, 예전과는 너무도 다르게 아무런 피해 없이 이 보석을 손에 넣었다는 사실이 마음에 들었다.

모든 것이 만족스러운 이 상황에 천무진의 입가에 가벼운 미소가 걸리는 바로 그 찰나.

찌릿.

"큭!"

갑자기 심장을 쥐어짜는 듯한 고통에 천무진이 움찔하며 가슴을 움켜잡았다. 생각지도 못한 고통에 그가 당황한 그가 다시 정신을 차리려는 그때였다.

재차 밀려드는 고통과 함께 일순 정신이 흔들렸다.

간신히 정신을 붙잡은 덕분에 기절을 하는 것까진 면했지만…….

"크윽!"

비틀했던 천무진이 의자에서 쓰러졌다.

쾅당!

그리고 바닥으로 쓰러지는 그 와중에 품에 넣어 두었던 붉은 보석이 반대편으로 데굴데굴 굴러가기 시작했다.

천무진과 다소 떨어진 곳으로 굴러간 붉은 보석.

그가 거칠게 숨을 몰아쉬며 몸을 일으켜 세우려 애썼다.

"하아, 하아."

가슴을 쥐어짜는 정체 모를 고통, 그런데 문제는 고통만이 아니었다.

'몸이…… 움직이지를 않아.'

다리가 말을 듣지 않는다. 손가락을 꿈틀거리는 것 정도는 가능했지만, 그 외의 움직임을 보이는 게 쉽지 않았다.

눈에 보일 정도로 가까운 거리에 떨어져 있는 보석.

천무진은 힘겹게 몸을 움직이려 애썼다.

그렇지만 마치 커다란 쇠가 온몸을 짓누르는 것처럼 움직이는 것이 쉽지 않았다.

대체 왜?

천무진은 숨을 헐떡였다.

어떻게든 손을 뻗어 저 멀리 있는 보석이라도 회수하려 했지만, 그것 또한 지금의 천무진에겐 불가능에 가까운 일이었다.

일각 가량의 시간 동안 바닥을 기었거늘, 고작 한 걸음의 거리조차 좁히지 못했으니까.

거기다가 내공 또한 제대로 사용할 수가 없어 허공섭물 같은 수법을 이용해 보석을 자신에게 당겨오는 것도 불가능했다.

심장 부근에서부터 마치 타는 듯한 고통이 밀려들었다.

식은땀이 줄줄 흘러내렸고, 안색은 점점 나빠졌다.

시체를 연상케 할 정도로 하얗게 질려 버린 얼굴.

"커윽, 컥."

천무진은 바닥에 엎어진 채로 부들부들 떨었다.

하지만 그 와중에서도 천무진은 어떻게 해서든 보석만큼은 다시금 회수하려 했다.

고통이 아무리 깊어도 참아 낼 수 있다.

하지만 굴러간 보석은 상황이 달랐다.

이 상태로 시간이 흘러간다면 결국 이 방의 주인이자 검산파 장문인의 아내인 소소홍이 돌아오게 된다.

그렇게 된다면 자신들의 계획은 실패로 돌아간다.

아무도 모르게 보석을 회수한다는 계획이 완전히 망가지게 되는 것이다. 그걸로도 모자라 보석을 훔치려는 자들이 있다는 것까지 드러나게 되는 꼴이다.

'……어떻게든 저것만큼은…….'

죽을 것 같은 고통에 피가 날 정도로 입술을 깨문 천무진은 바닥을 벅벅 기었다.

그렇지만 아직까지도 보석과의 거리는 너무도 멀었다.

천무진은 주먹을 꽉 움켜쥐었다.

'제발…….'

그렇게 천무진이 간절히 중얼거리고 있는 그때였다.

뚜벅, 뚜벅.

다가오는 발걸음 소리.

그리고 익숙한 백아린의 목소리까지.

'제발 움직여라. 제발!'

천무진은 자신의 발을 어떻게든 움직이려 애썼지만 방금 전까지 미동도 않던 다리가 갑자기 반응을 할 리 만무했다.

점점 혼미해져 가는 정신 속에서 천무진은 알 수 있었다.

지금 자신은 아무것도 할 수 없다는 사실을.

그런 상황에서 천무진이 내릴 수 있는 선택은 하나였다.

그건 바로…….

"안목이 정말 좋으세요. 덕분에 저도 오늘 좋은 경험 했습니다, 내당주님."

"호호, 대상의 상단 물건도 끝내주던걸. 너무 많이 사서 한동안 좀 자제해야 할 것 같아."

웃는 얼굴로 소소홍과 대화를 나누는 백아린.

그녀가 막 내당주인 소소홍의 거처 입구에 멈추어 서는 그 순간이었다.

백아린의 머리로 미약하고, 당장 끊겨도 이상할 것 없는 부정확한 전음이 흘러들었다.

『백…… 아린…… 도와…….』

잔뜩 집중을 해야 들을 수 있을 정도의 전음.

그리고 그 전음을 듣는 순간 백아린은 움찔했다.

이 전음을 보낸 당사자가 천무진이라는 사실을 눈치챘기 때문이다.

도와 달라고 말을 하는 걸 보아하니 분명 뭔가 사달이 벌어진 것이 분명했는데…….

문제는 지금 천무진과 자신은 이 문 하나만을 사이에 둔 채로 마주하고 있다는 거다. 그리고 그 순간 막 문을 열기 위해 소소홍의 손이 문고리를 향하고 있었다.

안에서 무슨 일이 벌어진 건지 모르겠지만, 지금 이대로라면 문을 열기 무섭게 소소홍이 안의 상황을 보게 될 것이다.

백아린은 빠르게 판단을 내렸다.

머뭇거릴 여유는 없었다.

성큼.

갑자기 앞으로 걸음을 내디딘 그녀가 자연스레 소소홍의 팔을 가로막으며 먼저 문고리를 잡고 자신의 몸을 안으로 들이밀었다.

자연스레 백아린은 자신의 몸으로 뒤편에 자리한 소소홍의 시선을 가렸고, 백아린은 그대로 곧장 문을 열었다.

덜컹.

열린 문, 그리고 그녀의 눈에는…… 가슴을 움켜쥔 채 쓰러진 천무진의 모습이 들어왔다.

핏기 하나 보이지 않게 새하얘진 얼굴, 그리고 고통에 찬 표정까지.

허나 놀라는 와중에서도 백아린은 천무진의 눈동자에 맺힌 감정을 읽어 내렸다.

그것은 간절함이었다.

그리고 그 간절함의 정체가 무엇인지 알아차리는 건 금방이었다.

입술을 꽉 깨문 천무진이 마치 보기를 바라는 것처럼 어딘가를 향해 시선을 돌렸으니까.

천무진이 바라보는 곳으로 고개를 돌린 백아린은 이내 그곳에 있는 뭔가를 확인할 수 있었다.

바로 바닥에 떨어져 있는 붉은 보석이었다.

잠시 멈칫하는 그사이 뒤편에 서 있던 소소홍이 입을 열었다.

"막아서고 뭐 하는 거야?"

뒤편에서 들려오는 목소리.

그리고 앞에서 가슴을 부여잡고 간절한 눈빛을 보내고 있는 천무진까지.

모든 일들의 성공 여부가 백아린에게 달린 이 절체절명에 가까운 찰나의 순간.

백아린이 자신의 소매를 슬그머니 들어 올리며 안쪽을 향해 바로 뒤편에 있는 소소홍조차 듣기 어려울 정도로 작게 중얼거렸다.

"……치치, 보석 감춰."

6장. 화산
— 아직 안 돼

백아린의 빠른 판단으로 내린 명령.

소맷자락 안에 있던 치치가 은밀하게 툭 하고 떨어져 내렸다. 이내 치치는 바닥 한쪽에 굴러가 자리한 붉은 보석을 향해 재빠르게 달려 나갔다.

타다다닥!

백아린이 몸으로 가리고 있는 덕분에 뒤편에서는 볼 수 없는 재빠른 움직임들이 이어져 가는 그 순간.

소소홍이 불만스레 입을 열었다.

"뭐 하냐고 했잖아. 내 말 안 들리는 거야?"

재차 터져 나온 목소리에서 느껴지는 불쾌감.

'계속 막고만 있으면 오히려 의심을 살 수도 있어.'

뭔가 수상쩍게 보이는 건 피해야 할 일이다.

치치가 이미 보석을 쥐고 움직이기 시작한 걸 확인한 상황이었기에 굳이 더 그녀를 가로막아야 할 이유도 없었다.

치치가 탁자 아래로 몸을 감추는 그 짧은 순간만 벌어 주면 그만이었으니까.

백아린은 큰 목소리로 입을 열며 시선을 끌었다.

"뭐야? 또 발작이라도 일으킨 거야?"

말과 함께 골치 아프다는 듯 머리를 감싸 쥐는 그녀의 행동에 뒤편에서 표정을 구겨 가던 소소홍이 의아한 듯 물었다.

"발작?"

백아린이 빠르게 몸을 돌렸다.

어깨 너머로 천무진만 슬쩍 보이게 만든 상황에서 그녀가 말을 받았다.

"죄송합니다, 내당주. 저희 쪽 서기관이 종종 발작을 일으키는데 하필이면 지금……."

"설마 구토라도 한 건 아니지?"

"그런 건 아니니 걱정하지 않으셔도 됩니다."

"비켜 봐."

말과 함께 백아린을 옆으로 밀치며 소소홍이 성큼 안으

로 들어설 때였다. 몸을 돌려 뒤편의 상황을 확인한 백아린은 속으로 안도의 한숨을 내쉬었다.

'휴우.'

치치가 이미 꼭꼭 숨어 눈에 보이지 않는다는 걸 확인한 덕분이다. 방 안의 상황을 살펴본 소소홍은 불편했던 표정을 한결 풀 수 있었다.

의자가 넘어진 걸 제외하고는 특별히 문제가 될 만한 상황이 없어서다.

혹시 뭐라도 망가진 게 있는 건 아닐까 걱정했거늘…….

소소홍이 쓰러져 있는 천무진을 향해 막 입을 열 때였다.

"넌……."

"왜 이럴 때 발작이 오고 난리야?"

소소홍의 말을 자르며 백아린이 천무진을 향해 다가갔다. 그러고는 이내 몸을 낮춘 그녀가 바닥에 엎어진 상황에서 힘겹게 상체만 일으키고 있는 천무진과 시선을 마주했다.

고통이 가득한 표정.

그리고 그 고통스러움 속에서 언뜻언뜻 드러나는 안도감까지.

백아린의 빠른 행동 덕분에 훔쳐 나온 붉은 보석을 완전히 감출 수 있었다. 그랬기에 천무진은 이같이 고통스러운 상황에서도 안도할 수 있었다.

소소홍을 등진 상태로 백아린이 입술을 꽉 깨물었다.

고통으로 하얗게 질린 얼굴과, 힘없는 눈동자를 마주하고 있자니 이상하게 마음이 아파 왔다.

역용술을 펼쳤던 부분도 원래대로 돌아가 있었지만, 다행히도 변장까지 함께한 덕분에 아직까지는 크게 티가 나지 않았다.

소소홍이 애초부터 천무진에게 관심을 주지 않았던 것도 큰 몫을 하긴 했지만.

백아린이 천무진을 향해 전음을 날렸다.

『괜찮아요?』

천무진이 작게 고개를 끄덕였다.

그런 그를 걱정스레 바라보며 백아린이 전음을 이었다.

『조금만 참아요. 바로 나갈 수 있도록 할게요.』

서둘러 소소홍과의 일을 매듭짓고 이곳을 빠져나가야 한다. 그녀가 서둘러 자리에서 일어나려고 할 때였다.

일어서려는 백아린의 옷소매를 천무진이 꽉 움켜쥐었다. 자리에서 일어나려던 그녀는 놀란 듯 고개를 돌렸고 바라본 곳에서는 천무진이 입꼬리를 슬쩍 비튼 채로 희미하게 웃고 있었다.

그가 입을 벙긋거렸다.

들리지 않는 목소리. 하지만 백아린은 천무진의 입 모양만으로 그가 무슨 말을 하고자 하는지 알 수 있었다.

천무진이 내뱉은 그 한마디.

고마워.

왜일까?

고맙다는 이 한마디가 이리도 마음을 아리게 하는 이유는.

아마 지금 이같이 새하얗게 질려 버릴 정도로 고통스러워하는 와중에도 보석을 감췄다는 사실에 안도를 하는 그의 모습 때문이리라.

눈을 치켜뜬 채로 가만히 천무진을 바라보던 백아린은 이내 천천히 몸을 일으켜 세웠다. 동시에 방금 전까지 그녀의 얼굴에 가득했던 안타까움이 거짓말처럼 사라졌다.

대상의 역할을 하며 완벽하게 일을 마무리 지어야 하는 상황. 그녀는 애써 마음을 감춘 채로 소소홍이 있는 탁자 쪽으로 다가갔다.

그녀가 탁자에 기대듯 선 채로 입을 열었다.

"죄송합니다, 내당주님. 방을 어지럽혔군요."

"뭐 맘에는 안 들지만…… 특별히 대상을 봐서 넘어가도록 하지. 그나저나 크게 놀라지 않는 걸 보아하니 자주 발작이 있던 모양이네?"

"자주까지는 아닌데 지병이 있는 탓에 종종 저렇게 발작을 하고 쓰러지곤 해서요."

"그래? 대상도 힘들겠네."

"힘들긴요. 제가 해야 할 일인 걸요."

말을 나누는 사이 백아린의 손은 탁자 아래로 향해 있었다. 그녀가 가볍게 소매를 흔들자 안쪽에 숨어 있던 치치가 보석을 든 채로 휘리릭 뛰어올랐다.

동시에 백아린은 치치의 손에 들린 붉은 보석을 손으로 건네받았다. 소매 안에 준비해 둔 자리에 보석을 넣은 그녀가 웃는 얼굴로 입을 열었다.

"곧 아까 보셨던 물건들을 따로 정리해서 이곳으로 보내드릴 터이니 금액은 그들을 통해 전달해 주시면 될 것 같습니다. 마지막으로 확인하시고 대금을 주시는 걸로 마무리짓지요."

"그렇게 해. 그리고 아까 한 약조는 잊지 않았지?"

"물론이죠. 앞으로 새로운 물건이 들어올 때마다 내당주님을 찾아뵙도록 하겠습니다."

"호호, 그래. 앞으로도 잘 부탁할게."

"그건 제가 드릴 말씀이지요. 그럼 전 이만 물러나도록 하겠습니다."

말을 마친 백아린은 곧바로 포권을 취해 보이고는 몸을

돌렸다. 그녀는 천무진에게 다가가 그의 팔을 어깨에 둘렀다.

백아린 또한 여인치고 무척이나 큰 편이었지만 천무진의 키가 워낙 컸던 탓에 자세가 다소 엉거주춤하게 나올 수밖에 없었다.

천무진을 부축한 채로 백아린이 다시 한번 소소홍에게 인사를 건넸다.

"제 아랫사람 때문에 못 볼 꼴을 보여 드려 죄송해요. 나중에 또 찾아뵙겠습니다."

사과의 뜻을 전하는 백아린의 옆에서 천무진은 역용술이 풀린 얼굴이 드러나지 않도록 고개를 숙인 채로 힘겹게 입을 열었다.

"결례를 용서……."

바짝 마른 목소리로 어렵사리 말을 꺼내는 천무진을 향해 소소홍이 귀찮다는 듯 물러가라는 손짓을 했다.

그걸 본 백아린은 재빨리 천무진을 부축한 채로 걸음을 옮겼다.

겉보기에는 어느 정도 천무진이 걷는 것처럼 보였지만 실상은 전혀 달랐다. 거의 발에 힘을 주지 못하는 상황이었기에 백아린이 거의 들다시피 하며 걸음을 옮기고 있었던 것이다.

물론 지금은 상인 흉내를 내는 상황이었기에 대놓고 힘

을 보여 주기보다는 그저 조금의 도움을 주는 듯한 흉내를 내고 있었지만.

그런 백아린의 생각을 이미 알고 있었기에 천무진은 심장을 쥐어뜯기는 것 같은 고통을 느끼는 와중에도 애써 발을 움직이는 시늉을 하고 있었다.

그를 부축한 채로 움직이던 백아린이 자그마한 목소리로 말했다.

"버텨요. 거의 다 와 가니까."

마음 같아서야 당장이라도 땅을 박차고 날아오르고 싶었지만 지금 이곳 검산파를 나가기 전까지는 상인의 연기를 해야만 하는 입장이었다.

가슴을 부여잡고 헐떡이는 천무진을 보고 있노라면 계속해서 마음이 약해졌지만, 백아린은 차마 그럴 수가 없었다.

천무진이 이 일을 어떻게 생각하는지 잘 알았으니까. 어떻게든 검산파에서의 일을 잘 매듭짓기 위해 고통에 몸부림치면서도 계획이 어긋나지 않은 걸 보며 기뻐하던 그다.

그런 그의 마음을 알기에…….

꾸욱.

주먹을 꽉 쥐며 백아린은 보다 빠르게 걸음을 옮겼다. 마음이 급한 탓인지 들어올 때보다 몇 곱절은 더 길어 보이는 길을 따라 걷다 보니 마침내 두 사람은 검산파의 입구에 도착할 수 있었다.

두 사람을 알아본 입구를 지키던 무인이 인사를 건넸다.

"일이 끝나셨나 봅⋯⋯."

"비켜요."

백아린이 앞을 막아서는 무인을 슬쩍 노려보며 말했고, 그가 움찔하며 옆으로 비켜섰다. 그녀는 뒤도 보지 않고 빠르게 앞으로 나아갔다.

그리고 이내 검산파의 입구를 지키고 있는 무인들이 시선에서 사라졌을 그 무렵 백아린은 부축하는 척하고 있던 천무진을 급히 등에 업었다.

더는 연기를 할 이유가 없었기 때문이다.

이제부터는 무공을 사용해야 했기에 백아린은 얼굴에 했던 변장을 빠르게 손으로 지우고, 골격을 바꿨던 역용술도 없앴다.

혹시라도 검산파의 누군가에게 자신의 모습을 들킬 경우를 대비하기 위해서다.

검산파에 드나들었던 상인이 무공을 펼쳐 대는 모습을 보여선 안 됐으니까.

백아린은 곧장 천무진을 업은 채로 여산을 내달리기 시작했다. 경사는 가팔랐지만, 그 정도로 그녀의 발목을 잡을 수는 없었다.

팍!

땅을 박차고 도약하는 순간 십여 장에 가까운 거리를 치고 나가는 움직임.

빠르게 달리는 와중에도 백아린은 혹여 천무진에게 충격이 전해질까 싶어 최대한 움직임에 신중을 가했다. 마치 구름 위를 움직이는 것처럼 내달리는 백아린의 모습은 쏘아진 화살처럼 빨랐다.

*   *   *

백아린이 향한 곳은 자신들의 거처인 중화객잔이 아니었다.

거리가 그리 멀지는 않았지만, 혹시 모를 상황을 대비해 천무진의 상태를 살피는 것이 먼저였다.

그녀는 여산에 있는 자그마한 마을에 모습을 드러냈다.

고작 십여 채의 가구들로 구성된 규모는 마을이라는 이름이 무색할 정도긴 했지만, 한시가 급한 지금으로선 천무진의 상태를 확인하기 가장 적당한 장소인 건 분명했다.

그 자그마한 마을로 들어선 백아린은 곧바로 사람들을 통해 빈방 하나를 돈을 주고 구했다.

덜컹.

문을 열고 들어선 백아린은 옆에 놓여 있는 이불을 꺼내 급히 바닥에 팽개쳤다. 그러고는 곧바로 등 뒤에 업고 있던 천무진을 그 위에 조심스레 눕혔다.

아직까지 하얗게 질려 있는 천무진을 보며 백아린은 그의 손목을 조심스레 짚었다.

'맥은 정상이야.'

맥을 확인한 직후 백아린은 곧바로 천무진의 상체를 일으켜 세우고는 그의 뒤로 가서 앉았다. 그러고는 양손을 뻗어 천무진의 등에 가져다 댔다.

백아린의 손바닥을 통해 은은한 내력이 천무진의 몸 안으로 흘러 들어갔다.

싸아아아.

눈을 감은 백아린은 곧바로 천무진의 몸 상태를 확인했다. 그녀의 내력이 몸 안으로 퍼지며 곳곳에 있는 기의 흐름을 읽어 내려가기 시작했다.

그런데…….

'이건 뭐지?'

정확히 무엇인지 알 수 없는 뭔가가 천무진의 가슴 부분을 시작으로 해서 주변으로 퍼져 있었다. 그리고 그 기운은 천무진의 몸 안에 있어야 할 내력들의 움직임을 막아서고 있었다.

백아린은 혹시 모를 상황을 대비해 섣부르게 그 기운을 건드리지 않았다. 잘못했다가는 치명적인 일이 벌어질지도 모른다는 생각이 들어서다.

그렇지만 백아린의 그런 생각은 길지 않았다.

백아린의 내력이 스치듯 닿자 그 기운이 조금씩 움츠러드는 것 같더니 점점 작아지기 시작한 것이다.

순간 깜짝 놀랐던 백아린이지만 이내 확신이 들었는지 조금 더 많은 기운을 그 정체불명의 뭔가를 향해 쏘아 보냈다.

그러자 그것은 더 옅어지더니 이내 점점 작아져 가기 시작했다.

더불어 천무진의 거칠었던 숨소리 또한 잦아드는 것이 귓가로 들려왔다.

그렇게 약 일 각가량 조심스레 내공을 움직이던 백아린이 천무진의 등에서 손을 뗐을 때였다.

"하아."

천무진의 입에서 터져 나온 깊은 한숨.

동시에 그의 입술을 타고 검은 피가 주르륵 흘러내렸다. 깜짝 놀란 백아린이 황급히 앞으로 다가가 얼굴을 마주한 채로 물었다.

"괜찮아요?"

"……보시다시피."

천무진이 소매로 입가를 닦아 내고는 가볍게 어깨를 으쓱해 보였다.

그런 그의 모습은 분명 처음 이곳에 왔을 때보다 훨씬 괜찮아 보였다. 아까보다 훨씬 또렷해진 목소리로 대답하는 천무진의 모습을 보는 순간 백아린의 표정이 한결 밝아졌다.

하지만 이내 다시 걱정이 밀려왔는지 그녀는 천무진의 앞에 바로 마주 앉았다.

그러고는 그의 얼굴을 비롯한 몸 곳곳을 손으로 만지며 걱정스레 입을 열었다.

"정말 괜찮은 거 맞아요? 몸 찬 거 봐."

얼음장같이 차가운 손을 어루만지며 말을 이어 나가는 그녀를 가만히 바라보던 천무진이 바짝 마른 입술을 힘겹게 들썩였다.

"……좀 눕고 싶은데."

"아, 미안해요."

백아린이 황급히 옆으로 자리를 옮겼다.

몸 전체가 마치 쇠몽둥이로 두들겨 맞은 것처럼 욱신거린다. 아까의 고통이 사라지긴 했지만 천무진의 상태가 완전히 회복된 건 아니었다.

버티기 힘들었는지 천무진이 천천히 자리에 누웠다.

백아린은 그런 천무진을 가만히 바라봤다.

사실 묻고 싶은 것이 있었다.

왜 갑자기 이런 일이 벌어졌는지 도저히 이해가 가지 않았으니까. 하지만 백아린은 아무런 것도 묻지 않았다. 당장에는 그런 걸 확인하는 것보다 그가 쉬는 게 더 급선무였으니까.

자리에 누운 천무진이 입을 열었다.

"잠시만…… 쉴게."

"네, 제가 옆에 있을 테니 걱정 말고 푹 쉬어요."

백아린의 말에 천무진은 슬쩍 고개를 옆으로 돌리고는 자신을 내려다보는 그녀를 올려다봤다.

별다른 말은 하지 않고 있지만 백아린의 얼굴에서 수심이 가득 느껴졌다.

그 모습이 우스워서일까?

천무진은 이런 상황임에도 불구하고 자신도 모르게 피식 웃었다.

그런 모습에 백아린이 기가 막힌다는 듯 말했다.

"지금 웃음이 나와요?"

"그럼 어떻게 해. 옆에 앉아서 그렇게 아픈 자식을 바라보는 것 같은 눈빛을 하고 있는데."

천무진의 그 말을 듣고서야 백아린은 자신의 표정이 그렇게 심각했다는 걸 알 수 있었다. 당황한 듯 스스로의 얼굴을 어루만지고 있는 백아린을 향해 시선을 준 채로 천무진이 천천히 말을 이었다.

"자면 나을 거야. 그러니까…… 걱정하지 마."

사실 천무진은 백아린에게 하고 싶은 이야기가 많았다. 매번 도움을 받아 왔지만, 오늘 역시 그녀 덕분에 큰 위기를 넘길 수 있었으니까.

고맙다는 말로도 모자랄 정도의 이런 감정을 뭐라 설명해야 좋을까?

하지만 아쉽게도 뭔가 더 말을 하기에는 천무진의 몸이 버텨 주지를 못했다.

그 말을 끝으로 슬그머니 눈을 감은 천무진은 곧바로 혼절하다시피 잠에 빠졌다. 백아린은 그런 그를 가만히 내려다보다가 슬그머니 자리에서 일어났다.

그러고는 곧바로 한쪽에 자리하고 있던 이불 하나를 꺼내어서 천무진에게 덮어 줬다.

혹여라도 자신 때문에 자는 것이 방해가 되지 않을까 신경이 쓰였는지 백아린은 자리에서 금세 몸을 일으켜 세웠다.

방 바깥에서 그가 일어나기를 기다릴 생각이었던 것이다.

방을 막 빠져나가려던 백아린의 시선에 이불 바깥으로 빠져나와 있는 천무진의 한쪽 손이 보였다.

얼음장처럼 차가웠던 손이 기억난 그녀가 몸을 굽혔다. 그러고는 이불 속에 넣어 주기 위해 빠져나와 있는 손을 슬그머니 잡았다.

조심스레 잡은 손.

'⋯⋯여전히 차네.'

걱정이 되어 차가운 손을 막 이불 안에 집어넣어 주고 움직이려던 그때였다.

꽉.

손을 떼려는 그 순간 천무진이 그녀의 손을 갑자기 움켜쥔 것이다. 천무진의 손길에 백아린이 움찔하며 그의 얼굴을 확인했지만 작게 들려오는 숨소리를 보건대 잠에 빠져 있는 것이 분명했다.

차가운 손은 마치 놓고 싶지 않다는 듯 그녀를 꽉 움켜잡고 있었다. 마치 옆에서 떨어지지 말라는 것처럼 말이다.

그녀는 당황스럽다는 듯 마주 잡은 손을 바라봤다.

'이걸 어쩌지?'

상대는 잠들어 있는 상태. 억지로 풀려고 하면 손을 빼내는 건 일도 아니었지만⋯⋯.

반쯤 몸을 일으켜 세우고 있던 그녀는 오히려 천천히 바닥에 주저앉았다. 그러고는 자신을 놓지 않으려는 듯 잡고 있는 천무진의 손을 오히려 더욱 꼬옥 잡아 줬다.

차가운 그 손을 놓지 않은 채로 백아린이 작게 중얼거렸다.

"……잘 자요."

*　　　*　　　*

천무진과 백아린이 향한 여산과는 며칠 정도의 거리에 위치한 화산(華山).

화산은 여러 가지 큰 이유로 유명한 곳이다.

우선적으로 중원을 대표하는 다섯 개의 산을 일컫는 오악의 하나였고, 그 산세가 높고 험하지만 아름다운 경관으로 유명했다.

허나 무림인들에게 화산이 유명한 이유는 따로 있었다.

바로 화산파(華山派)다.

중원을 대표하는 구파일방의 하나이자, 그중에서도 손꼽히는 무력을 지닌 단체. 그들이 무림에서 지니는 의미는 무척이나 특별했다.

정도 무림을 대표하는 무인들을 줄줄이 배출해 낸 명문으로 그들의 위세는 하늘을 찌를 듯이 높았다.

수많은 무인과 여행객들의 목적지인 화산.

당연히 그런 화산과 이어져 있는 인근 마을들 또한 큰 성세를 이루는 것이 당연했다. 허나 요즘 따라 주변 마을들에는 더욱 많은 이들이 찾아오고 있었으니 그 이유는 다름 아닌 화산파에 있는 하나의 행사 때문이었다.

현 화산파 장문인인 양우조(梁優兆)의 팔순.

오랜 시간 화산파를 지켜 왔고, 또한 무림의 역사에 큰 획을 그은 양우조를 위해 화산파에서는 대대적인 잔치를 벌일 예정이었다.

오랜 시간 무림에 몸담아 왔고 많은 존경을 받아 온 무인인 만큼 양우조의 팔순 잔치에는 각지에 있는 이들이 몰려들어 축하를 전하고 있었다.

그 안에는 물론 무인도 많았지만, 그들을 제외하고 관부의 인물이나 화산파와 관련된 장사꾼들도 제법 있었다.

각지에서 축하 행렬이 뒤따르는 행사이니만큼 많은 이들이 모였고, 그것은 곧 화산파의 영향 안에 있는 마을들에게도 큰 호재였다.

때아닌 호황을 맞은 화산파 인근 마을들은 사람들로 가득했다.

그리고 그 마을들 중 하나인 속춘 또한 마찬가지였다. 밀려드는 손님들로 인해 마을에서 장사를 하는 이들의 얼굴엔 함박웃음이 피었다.

사람들로 북적거리는 속춘에 위치한 초린객잔.

그곳에 두 명의 사내가 들어오고 있었는데, 한 명은 싱글 벙글 웃는 얼굴인 반면 다른 하나는 표정을 잔뜩 찌푸린 상 태였다.

완전히 상반되는 표정으로 모습을 드러낸 둘의 정체는 바로 한천과 단엽이었다.

억지로 끌려오다시피 초린객잔으로 들어서게 된 단엽이 불만 가득한 얼굴로 말했다.

"대체 여기는 왜 들르자는 거야? 당장 가자니까?"

"아, 그냥 내 말 좀 들으라니까 그러네. 우선 올라가 있 어. 나도 곧 따라갈 테니까. 이야기는 방에서 하자고."

말과 함께 한천은 단엽을 먼저 방이 있는 초린객잔의 이 층으로 올려 보냈다. 거의 떠밀리다시피 계단을 올라간 단 엽은 어쩔 수 없다는 듯 결국 잡아 둔 방으로 들어섰다.

텅 빈 방에 홀로 자리한 단엽이 여전히 맘에 안 든다는 듯 앉지 못하고 내부를 서성이며 시간을 보내고 있는 그때였다.

드르륵.

문이 열리며 한천이 금방 모습을 드러냈다.

그를 기다리고 있던 단엽이 빠르게 다가서며 입을 열었 다.

"야, 몇 번을 말해. 왜 이렇게 번거롭게 시간을 낭비하냐 고."

지금 이처럼 단엽이 투덜거리는 이유는 바로 지금 이곳 초린객잔에 방을 잡았기 때문이다. 단엽은 이곳에 온 이유인 복수를 하기 위해 당장이라도 화산파로 가기를 원했다.

혈우일패도 나환위가 그곳에 있었으니까.

허나 한천은 단엽과 생각이 달랐다.

단엽을 진정시키며 한천이 입을 열었다.

"지금 가서 나환위에게 복수를 하겠다고? 그게 가능하겠어?"

"안 될 건 뭔데? 애초에 불가능하다 생각하면 이곳까지 왔을 리가 없잖아. 여기까지 같이 와 놓고 이제 와서 뭔 소리야?"

상대는 우내이십일성의 하나지만 단엽은 조금도 두렵지 않았다. 그랬기에 이렇게 찾아왔고, 다시금 몸을 감출지도 모르는 나환위를 찾아가 그에게 오래전에 졌었던 그날의 빚을 갚으려 했다.

그런데 이곳까지 군말 없이 동행했던 한천의 태도가 돌변하자 다소 짜증이 난 상태였다.

화를 쏟아 내는 단엽을 향해 한천이 천천히 자신의 말뜻을 밝혔다.

"그런 이야기가 아니야. 당연히 그자를 만나서 갚아 줘야지. 다만 그게 당장이어선 안 된다는 거야."

"그게 무슨 말이야? 그럼 그냥 보내자고?"

"아니지. 적어도 이틀 후까지는 참아."

"왜?"

"그래야…… 화산파 장문인의 팔순 잔치가 끝날 테니까."

한천이 말하고자 하는 바는 바로 그것이었다.

제아무리 단엽의 원한이 깊다 해도 당장에 화산파로 쳐들어가는 건 좋은 방법이 아니었다.

화산파의 손님으로 찾아온 나환위다.

그런 그를 찾아가 싸움을 벌인다는 건 분명 화산파의 입장에서 그리 유쾌하게 여기지 않을 부분이다.

하물며 그 같은 일이 장문인의 팔순 잔치를 앞두고 벌어졌다고 생각해 보자.

결과가 어찌 되든 간에 잔치의 분위기는 엉망이 될 테고, 최악의 경우 관련된 모든 계획이 취소될 가능성도 염두에 두어야 했다.

그렇게 될 경우 과연 화산파가 가만히 있을까?

아니, 적어도 구파일방의 하나이자 정도 무림을 대표하는 세력 중 하나인 그들이 그 같은 일을 그냥 넘길 수는 없을 것이다.

그 상대가 사파의 인물인 단엽이라면 더더욱 말이다.

한천이 피하고자 하는 건 바로 이 부분이었다.

한천은 천천히 자신의 생각을 전했고, 이야기가 다 끝나자 단엽의 표정은 한결 풀어져 있었다.

그가 한 말은 분명히 틀리지 않았으니까.

더군다나 지금 당장 나선다면 행사가 엉망이 되는 걸 미연에 방지하기 위해 화산파가 직접 사전에 개입하게 될 가능성도 높았다. 만약 그렇게 된다면 오히려 나환위를 만나지 못하게 될 수도 있다는 의미다.

하지만 그렇다고 해서 한천의 말을 곧이곧대로 듣기엔 다소 걸리는 부분이 있었다.

"그러다가 나환위 그놈이 빠져나가면?"

물어 오는 단엽의 질문에 한천이 기다렸다는 듯 씩 웃으며 답했다.

"걱정 말라고. 그 정도야 당연히 준비해 뒀으니까."

이미 화산파 내부에 있는 적화신루와 연이 닿아 있는 이에게 나환위의 움직임을 최대한 보고해 달라는 연락을 전해 둔 상태다.

일거수일투족을 모두 파악하는 건 무리겠지만, 적어도 그가 화산파를 떠나려 한다면 그 전에 미리 알아낼 수 있는 정도는 됐다.

거기까지 전해 듣자 단엽은 더욱 누그러진 표정으로 천천히 자리에 앉았다.

십 년이 넘게 기다리다가 만들어진 복수의 기회다.

어렵사리 잡은 기회, 자신의 감정 하나로 놓쳤다가는 다시 언제 이런 절호의 순간이 찾아올지 장담할 수 없었다.

자리에 앉는 단엽의 모습에서 한천은 굳이 말로 듣지 않고도 그가 어느 정도 수긍했다는 사실을 알 수 있었다.

한천이 말했다.

"화가 많이 나겠지만 잘 생각했어. 이왕 복수를 할 거라면 완벽하게 해 줘야지. 더 세세한 작전은 시간이 많이 남았으니 천천히 생각하고, 그동안은 여기서 좀 쉬고 있자고."

말을 하는 한천을 힐끔 올려다본 단엽이 귀찮다는 듯 자리에 벌렁 누우며 입을 열었다.

"썩 내키진 않지만 네 말이 맞는 것 같으니 우선 좀 참는 거야. 그런데 그 며칠 동안 우린 둘이서 뭐 하고 있냐?"

물어 오는 단엽의 질문에 뭐가 이야기를 하려던 한천은 들려오는 인기척을 감지하고는 이내 입가에 큰 미소를 머금은 채로 말을 받았다.

"뭐하긴. 당연히……."

말을 끌며 의미심장한 표정을 지어 보이는 그 순간.

뒤편의 문이 열리며 커다란 술상을 든 점소이들이 모습을 드러냈다. 그런 그들을 뒤로한 채로 한천이 히죽 웃으며 말을 이었다.

"술 아니겠냐?"

한천의 말과 들어오는 술상을 확인하는 순간 심드렁한 표정으로 누워 있던 단엽이 곧바로 몸을 일으켜 세우며 눈을 빛냈다.

단엽이 입을 열었다.

"이러니까 너희 대장이 널 보내면서 그렇게 술 마시지 말라고 당부를 하지."

"그래서 싫다고?"

막 둘 가운데 놓인 술상 한쪽에 앉은 한천이 술잔을 든 채로 물었다.

물어 오는 한천의 질문에 단엽이 재빨리 맞은편으로 다가갔다. 그러고는 뺏길세라 술잔을 들어 올리고는 말했다.

"……그럴 리가."

* * *

화산파 장문인 양우조의 팔순 잔치는 예정대로 순조롭게 진행됐다.

각계에서 몰려온 많은 이들이 축하의 뜻을 전했고, 그런 이들이 모인 자리이니만큼 잔치는 무척이나 성대했다.

호화로운 음식들과 사람들.

그런 이들이 모인 화산파가 시끌벅적한 것은 당연했다.

그렇게 오랫동안 준비되었던 팔순 잔치는 끝이 났고, 그로부터 약 이틀의 시간이 더 지났을 무렵이었다.

잔치는 끝이 났지만, 그날의 주인공이었던 양우조는 오히려 지금이 더 바빴다. 찾아온 손님들 중 일부는 화산파의 장문인인 그조차도 예의를 갖춰야 하는 상대였기 때문이다.

순차적으로 떠나는 그들과 따로 자리를 가져야 해서 몸이 열 개라도 모자랄 지경이었다.

막 관부에서 나온 인물과의 자리를 끝내고 일어난 양우조는 곧바로 이어질 다음 만남을 위해 바쁜 걸음을 옮기고 있었다.

서둘러 움직이던 양우조는 이내 기가 막힌다는 듯이 중얼거렸다.

"이거야 원. 팔순 잔치라고 해 놓고 늙은이를 부려 먹기만 하는군."

"이제 얼마 안 남았으니 조금만 참으세요, 아버지."

양우조의 핀잔에 대꾸를 한 것은 바로 옆에 함께 자리하고 있던 여인, 바로 양소유(梁昭裕)라는 이름을 지닌 그의 딸이었다.

이십 대 초반의 양소유는 양우조와 무척이나 나이 차가 났다. 그가 오십 대 후반 즈음에 갖게 된 막내딸, 그랬기에 양우조는 그녀를 무척이나 아꼈다.

어머니를 빼닮아 또렷한 이목구비와 선한 인상은 절로 사람들의 시선을 잡아 끈다.

화산파를 넘어 섬서라는 큰 지역을 대표하는 미인으로 성장한 그녀는 양우조의 자랑이기도 했다.

"다음 생일잔치는 절대 하지 말라 해야겠구나. 이러다가는 생일날이 제삿날이 되겠어."

위로하는 양소유를 향해 양우조가 장난스럽게 말했다.

그렇게 대화를 나누는 두 사람의 뒤로는 일련의 화산파 무리가 뒤따르는 중이었다.

마침내 다음 목적지에 도착한 양우조는 입구에 그를 따르던 이들을 대기시켜 둔 채로 딸인 양소유만 데리고 안으로 들어섰다.

그리고 그곳에는 이곳에서 만나기로 약조가 되어 있는 이가 미리 자리하고 있었다.

양우조와 비슷한 나이 대의 인물, 그리고 그 맞은편에는 익숙한 얼굴의 사내가 보였다.

익숙한 얼굴을 발견한 양우조가 미간을 찌푸리며 물었다.

"자네가 왜 여기에 있는가?"

"장문인 오셨습니까."

자리에서 일어나며 포권을 취하는 인물.

그는 다름 아닌 화산파가 자랑하는 최고의 무인 자운이었다.

십천야의 일원이자, 무림맹주의 자리를 노리는 인물인 그가 이곳에 먼저 와서 자리하고 있었다.

사실 양우조와 자운의 사이는 그리 가깝지 않았다.

물론 껄끄러워질 무슨 사건이 있었던 건 아니어서, 대내외적으로 그렇게 나쁜 관계로 알려져 있지는 않다.

그리고 실제로 예전엔 양우조도 자운을 무척이나 아꼈었다.

이토록 재능 있는 무인을 싫어할 리가 없지 않은가.

그런데 언제부터일까?

양우조는 자운이 조금씩 불편해지기 시작했다.

점점 두각을 드러내며 위명을 떨쳐 갈수록 그의 욕심이 눈에 보였기 때문이다.

물론 욕심이라고 해서 무조건 나쁘다 생각하지 않는다.

무인이라면, 사내라면 어느 정도의 욕심은 결코 나쁘지 않다 여겼다. 오히려 그것이 더 매력적일 수도 있다 여기며 살아왔거늘, 자운에게서 느껴지는 욕심은 뭔가 느낌이 달랐다.

아마도 이렇게 생각하게 된 건 오랜 시간을 봐 왔는데도 불구하고 전혀 알 수 없는 그 속내 때문일 것이다.

삼십 년이 넘는 시간이다.

그렇게 긴 시간을 옆에서 봐 왔거늘 양우조는 단 한 번도 자운의 진짜 속내를 본 적이 없었다.

그처럼 완벽하게 자신을 감춘 상대.

그렇게 오랫동안 자신을 숨겨 오는 상대를 어찌 믿을 수 있겠는가. 그랬기에 양우조는 시간이 갈수록 자운이 껄끄럽고 불편해졌다.

그리고 한편으론 두려웠다.

이런 사내가 가진 진짜 생각이 무엇인지.

하지만 이제 자운은 자신이 막을 수 있는 인물이 아니었다.

이제는 화산파의 장문인인 자신조차 어떻게 하지 못할 정도로 커 버린 탓이다.

단순한 무력뿐만이 아니다.

화산파의 많은 이들이 자운을 따른다.

자신이 장문인임에도 불구하고 자운은 쉽사리 건드릴 수 없는 존재가 되어 있었다.

반맹주파의 실질적인 수장인 자운.

그에 비해 장문인인 양우조는 중립적인 위치에 선 인물이었다.

양우조에게 포권을 취해 보인 자운이 말을 이었다.

"가신다고 하여 미리 인사를 드리고 있었습니다."

웃으며 말하는 자운을 바라보는 양우조의 표정이 묘했다.

이 시간에 자신이 올 거라는 걸 모르지는 않았을 터. 그럼에도 불구하고 이처럼 자신이 만날 손님을 먼저 찾아와 이런 식으로 조우하고 있는 건 어떤 의미로 받아들여야 할까?

단순한 실수?

아니면…….

'스스로가 나와 동급이라는 걸 다른 이에게 보여 주려는 게냐?'

속 모를 미소를 머금은 자운을 보며 양우조는 밀려드는 의문을 애써 머리에서 지우려 했다. 확실한 증거도 없는 걸로 괜히 자신의 감정을 내비치는 건 하수나 하는 짓이었으니까.

양우조는 오히려 아무렇지 않다는 듯 말했다.

"자네가 나 대협과 이리 각별한 사이인 줄은 몰랐군."

"훌륭한 선배님께 예를 갖추는 건 후배로서 당연한 예의지요."

"허허, 장문인 참으로 부럽습니다. 이런 아랫사람을 두고 있다니…… 과연 중원에서 손꼽히는 문파답습니다."

너털웃음과 함께 말을 받는 건 오늘 이곳에서 만나기로 한 당사자였다.

양우조의 시선이 향한 그곳에는 비슷한 나이 대의 노인이 한 명 자리하고 있었다. 다소 마른 체형의 양우조와는 달리 제법 풍채가 있는 노인이었다.

커다란 도를 허리에 찬 채로 길게 기른 수염을 손으로 어루만지는 노인은 무척이나 선한 인상의 소유자였다.

자운과 시선을 맞춘 채로 웃고 있는 그 노인은 바로 단엽이 갚아야 할 빚이 있는 상대.

우내이십일성의 하나인 혈우일패도 나환위였다.

7장. 상흔(傷痕)
─ 기억나게 해 줄게

　화산파 장문인 양우조는 자신에게 말을 거는 혈우일패도 나환위를 향해 고개를 돌렸다.

　양우조가 나환위에게 답했다.

　"그리 말씀해 주시니 고맙습니다. 그리고 이리도 먼 걸음 해 주신 것도요."

　"고맙다니요. 장문인의 팔순 잔치를 모르는 척할 수는 없는 노릇이지요."

　아무것도 아니라는 듯 말하며 나환위가 손사래를 쳤다. 다정한 듯 서로를 향해 몇 마디 대화를 주고받았지만 사실 양우조는 나환위와 크게 인연이 있지 않았다.

이번에 있던 양우조의 팔순 잔치에 나환위가 온 것 또한 그 때문이 아닌 자운으로 인한 것이었다.

자운이 나환위를 초청했고, 그가 그걸 받아들였다.

허나 양우조는 그것조차 그리 탐탁지 않았다.

나환위를 이곳 화산으로 불러들인 이유가 정말로 자신의 팔순 잔치 때문은 아닐 거라는 확신이 있어서다. 그리고 양우조는 그 이유를 이미 어느 정도 짐작하고 있었다.

얼마 전 있었던 무림맹주 관련 건 때문이다.

그 자리에 직접 참석하지는 못했지만, 그곳에서 벌어진 일에 대해서는 이미 전해 들었다. 당시 승리를 확신하고 있던 자운은 갑자기 나타난 천룡성 무인의 존재로 인해 쓰디쓴 고배를 마셔야만 했다.

무림맹주를 거의 쫓아냈던 상황에서 모든 계획이 어그러졌으니 자운이 가만히 있을 리가 만무한 일.

아마도 뭔가 일을 벌일 거라 여겼는데 이번 만남이 그것을 위한 일 중 하나라는 판단이 섰다.

나환위는 큰 세력을 지니고 있지는 않다.

하지만 우내이십일성이라는 상징성과 뛰어난 무력을 지녔으니 아마도 이번 기회를 통해 그를 자신의 편으로 들이려 하는 것이 분명했다.

적어도 자신이 아는 자운이라는 사낸 결코 의미 없는 행동을 하는 자가 아니었으니까.

몇 마디 대화를 주고받던 중 나환위가 자리에서 일어났다.

"그럼 전 이만 물러갈까 합니다. 오랜만에 장문인도 뵙고, 좋은 지기도 만난 것 같아 기분이 참 좋습니다."

"지기라니요, 부끄럽습니다. 선배님."

"거참, 같은 우내이십일성끼리 그리 깍듯하게 할 필요 없다니 그러네. 좀 편안하게 하게."

"그럴 순 없지요. 오랫동안 존경해 온 선배님이시니까요."

자운이 한껏 치켜세워 주자 나환위의 입꼬리가 꿈틀거렸다. 사실 자운은 우내이십일성 중에 어린 편에 속했지만, 그 실력이나 위세는 결코 무시할 수 없는 사내였다.

실력에서는 나환위보다 위라는 평가가 지배적이고, 심지어 무림맹주 후보로까지 거론되는 인물이 아니던가.

이런 사내가 자신을 존경해 왔다며 계속 입발림 소리를 하는데 기분이 나쁠 이유가 없었다.

두 사람이 주고받는 대화를 보며 속으로는 기가 찼지만, 양우조는 아무렇지 않은 얼굴로 헛기침을 하며 자신에게 이목을 집중시켰다.

"흠흠."

대화를 주고받던 두 사람이 잠시 말을 멈추는 그 순간 양우조가 말을 이었다.

"다음에 기회가 되면 또 뵙도록 하지요, 나 대협."

이곳에서 긴 이야기를 나눌 생각이 없는 그가 이렇게 상황을 마무리 짓고 자리를 뜨려는 그때였다.

자운이 곧바로 나환위에게 말을 걸었다.

"그럼 선배님은 제가 모시지요. 화산 바깥까지 안내해 드리겠습니다."

"그래 주겠는가? 그럼 나야 고맙지."

"물론입니다. 그게 뭐 어려운 일이라고요."

말과 함께 자운이 막 걸음을 옮기려는 찰나 뒤편에서 가만히 서 있던 양우조의 여식 양소유가 앞으로 나서며 입을 열었다.

"실례가 아니라면 바깥까지 모시는 일은 제가 맡아도 될는지요?"

"……장문인의 여식께서 말이오?"

놀란 듯 나환위가 되물었다.

그러자 양소유는 크게 고개를 끄덕이며 답했다.

"네, 손님이 떠나가시는 길을 배웅하는 일을 다른 분이 맡게 하는 것도 우스운 일이니까요. 화산파 장문인의 직계 손인 제가 해야 할 일이라 생각이 돼서 말입니다."

말과 함께 양소유의 시선이 옆에 자리하고 있는 자운에게로 향했다.

양소유가 갑자기 나선 이유는 바로 자운 때문이었다.

마치 스스로가 화산파의 대표라도 되는 양 설치고 다니는 자운을 그녀 또한 좋아하지 않았다. 장문인이 앞에 있는 지금은 그에 맞춰 행동해야 한다 여겼다.

예상치 못한 양소유의 행동에 놀란 양우조가 전음을 날렸다.

『소유야 무슨 생각인지는 알겠다만 굳이…….』

『어려운 일도 아닌걸요. 금방 다녀올게요. 그리고 단둘이 두는 것도 내키지 않고요.』

사실 비밀스러운 대화를 나누려고 한다면 자신이 옆에 있다고 해도 얼마든지 가능하다는 것 정도는 안다. 하지만 적어도 대놓고 수작질을 부리는 건 막을 수 있었다.

그리고 이 같은 행동을 통해 자운에게 모종의 경고를 전하고자 했다.

장문인에 대한 최소한의 예의는 갖추라고.

양소유가 이리 나오니 결국 양우조 또한 더는 아무런 말도 하지 않았다.

잠시 멈칫했던 나환위가 이내 웃는 얼굴로 답했다.

"섬서제일미라 불리시는 소저의 배웅이라니 저야 영광이지요."

"그럼 절 따라오시죠."

말을 마친 양소유가 먼저 방 바깥으로 걸어 나갔다. 그러자 나환위가 양우조에게 짧게 인사를 건넸다.

"다음 기회에 또 뵙지요."

"조심해서 가십시오."

두 사람이 인사를 끝마치고 나환위는 곧장 바깥으로 움직였다. 그리고 그 뒤를 자운이 바로 쫓았다.

방 바깥에서 대기하고 있던 양소유가 따라나서는 자운을 향해 입을 열었다.

"오라버니, 나 대협은 제가 모실 테니……."

"아니다. 나도 배웅해 드리겠다 했는데 그럴 순 없지. 같이 가자꾸나."

스무 살이 넘는 나이 차이는 오라버니라는 호칭을 어색하게 만들었지만, 어릴 때부터 그리 불러 오던 사이였기에 지금은 그게 입에 붙어 버렸다.

같이 가는 것도 그리 내키진 않았지만, 그것까지 자신이 막을 수는 없는 노릇.

결국 양소유는 자운과 함께 나환위를 데리고 이동할 수밖에 없었다. 거처를 벗어날 무렵 바깥에서 대기하고 있던 나환위의 수하들이 빠르게 뒤편으로 따라붙었다.

그 인원은 대략 열 명 정도 되었는데 그들이 바로 비월조라 불리는 나환위의 수하들이었다.

거기다 비슷한 숫자의 화산파의 무인들까지 호위를 위해 따라붙으니 얼추 숫자가 스물을 훌쩍 넘어섰다.

화산파는 연화봉이라는 커다란 봉우리 정상에 자리하고 있다. 그리고 그 바로 앞에는 하늘의 옥녀가 달 밝은 밤에 강림하여 머리를 감고 갔다는 옥녀지(玉女池)가 있었다.

앞장서서 걸어가던 세 사람 중 나환위가 주변의 경관을 보며 탄성을 토해 냈다.

"과연 화산의 경치는 절경이오. 내 살면서 이만한 곳을 본 적이 언제였는지 모를 지경이외다."

"과찬이세요."

짧게 답을 하는 그녀를 슬그머니 바라보던 나환위가 이내 입을 열었다.

"장문인 여식의 나이가 적령기에 들어선 것 같은데……."

"혼인을 말씀하시는 건가요?"

"그렇소이다. 내 듣기로 스물 언저리라 들었는데 아니오?"

"아뇨, 맞아요."

생각지도 못한 주제에 당황하긴 했지만, 양소유는 최대한 내색하지 않고 말을 받았다. 그러자 나환위가 입을 열었다.

"혹 마음에 두고 계신 사내라도 있으시오?"

"······없는데 그건 왜 물어보시죠?"

양소유가 점점 표정을 굳히며 되묻는 그때였다.

나환위가 옆에 있는 자운을 바라보며 말을 이었다.

"이렇게 두 사람을 보고 있으니 무척이나 잘 어울려서 하는 말이오. 아, 나이 차이는 좀 나지만 이런·매력적인 사내를 만나는 건 쉬운 일이 아니지 않소."

자신과 자운을 엮으려 드는 나환위의 모습에 양소유는 기가 막혔다.

나이 차이가 나는 건 사실 별문제가 아니었다.

말대로 그 사내가 마음에 들기만 한다면 그런 건 전혀 상관없었으니까. 하지만 자운은 아니라는 게 문제였다.

마음 같아서는 무슨 소리냐고 쏘아붙이고 싶었지만, 양소유는 끝까지 예의를 갖췄다.

상대는 화산파의 손님으로 왔던 이고, 무림에서 배분도 높은 인물.

자신이 자운을 어떻게 생각하는지 모르는 상황이니 할 수 있는 말이라 애써 스스로에게 되뇌었다.

그녀가 답했다.

"나이 차이는 신경 쓰지 않아요. 다만······ 저한테 이분은 그냥 오라버니라서요. 그런 생각은 전혀 들지 않네요."

"허어, 그렇소?"

아쉽다는 듯 탄성을 토해 내던 나환위가 이내 딱딱하게 굳은 양소유의 표정을 확인해서인지 곧바로 말을 이었다.

"혹 결례를 범했다면 용서하시오."

"괜찮습니다."

짧게 말을 끝낸 양소유는 침묵했고, 이내 나환위는 자운과 대화를 나눠 가기 시작했다.

입을 꾹 닫은 채로 두 사람의 대화에 스리슬쩍 귀를 기울였지만 별다른 이야기는 없었다. 예전에 있었던 재미있는 일에 대해 담소를 나누거나, 아니면 무공에 대한 심도 있는 대화를 주고받는 게 다였다.

그렇게 화산파를 나와 약 반 시진 정도를 내려왔을 무렵.

화산파는 시야에서 사라진 지 오래였고, 이대로 조금만 더 내려가면 이제부터는 이동하기 편안한 길이 모습을 드러낸다.

약 일 각가량 더 앞에 있는 곳까지만 안내를 하기 위해 움직이고 있는 그때 산 아래로 향하는 길목에 두 사람이 자리하고 있는 것이 눈에 들어왔다.

사람들이 많이 오고 가는 길목은 아니었기에 누군가가 있다는 사실에 잠시 시선이 가긴 했지만, 그 누구도 일말의 긴장조차 하지 않았다.

당연한 일이다.

지금 자신들의 무리에 속한 이들이 누구인가.

중원을 대표하는 고수인 우내이십일성에 속한 무인들 중 무려 두 명이 자리하고 있다. 수백도 아닌 단 두 명의 존재를 보며 긴장할 이유는 전혀 없었다.

아무렇지 않게 그 두 사람이 있는 쪽으로 나아가고 있을 무렵이었다.

커다란 바위에 앉아 있던 두 명 중 한 명이 껑충 자리에서 일어났다.

"으차!"

산이 울릴 정도로 커다란 소리와 함께 몸을 세우는 상대의 행동에 아래로 움직이던 일행이 갑자기 멈추어 섰다.

주변에 신경 쓰지 않고 대화를 나누어 가던 자운과 나환위 또한 마찬가지였다.

둘은 슬쩍 표정을 찡그린 채 커다란 소리가 토해진 쪽으로 시선을 돌렸다. 두 명의 인물들이 그곳에 자리하고 있었지만, 그들은 죽립을 쓰고 있어 얼굴을 확인하기 어려웠다.

허나 큰 키와 덩치를 보아 두 사람 모두 사내인 것이 분명했다.

그 순간 큰 소리와 함께 자리에서 일어났던 사내가 천천히 얼굴을 가리고 있던 죽립을 풀었다.

탁.

푼 죽립을 뒤편으로 던지자 안에 감춰져 있던 긴 머리카락이 바람에 흔들렸다.

여인을 연상케 하는 외모, 그렇지만 날카로운 표정이나 뿜어져 나오는 강렬한 기운은 그가 생긴 것과는 다르게 꽤나 거친 사내라는 걸 말해 주고 있었다.

단엽이었다.

뭔가 도발적인 기운을 뿜어 대는 정체불명의 사내의 등장에 화산파 무인들 중 하나가 앞으로 나서며 경고의 뜻을 내보였다.

"누구신지 모르겠지만……."

바로 그 순간이었다.

단엽이 길게 숨을 들이마시더니 이내 버럭 소리를 내질렀다.

"나환위!"

자신의 이름을 내지르는 단엽의 행동에 나환위가 스스로를 가리키며 입을 열었다.

"날 부른 건가?"

"그래, 너."

"허허…… 예의가 없는 친구로군그래."

나환위가 불쾌한 듯 표정을 일그러트리는 사이, 옆에 있던 자운이 자신의 머리를 긁적였다.

살다 살다 다른 곳도 아닌 이곳 화산에서 자신의 앞길을 막는 자를 만난 건 처음이었으니까. 하물며 자신이 손님으로 초대한 나환위가 있는 자리였다.

그런 자리에서 정체불명의 누군가가 나타나 자신의 손님에게 예의 없는 행동을 하려 하고 있었다.

자운이 말했다.

"대협, 그냥 가시죠. 화산파에서 알아서 하겠습니다."

"아닐세. 뭐 그냥 미치광이라면 모르겠지만 내 이름을 알고 있는 걸 보아하니 나에게 용무가 있는 것 같아서 말이야."

말을 끝낸 나환위가 성큼 앞으로 두어 걸음 나설 때였다.

단엽이 소리쳤다.

"나 모르겠냐?"

"내가 그쪽을 알아야 하는 이유라도 있는가?"

"그래? 이 상처를 보고도?"

단엽은 자신의 오른쪽 얼굴에 나 있는 상처를 엄지손가락으로 스윽 쓸어내렸다. 자연스레 나환위의 시선 또한 단엽의 얼굴에 나 있는 상처로 향했다.

잠시 상처를 바라보던 나환위는 이내 픽 웃으며 어깨를 으쓱했다.

"모르겠군."

단엽에게는 십수 년이 넘는 긴 시간 동안 잊지 못할 괴로운 기억이었지만, 그 기억을 만들어 준 당사자인 나환위에게는 생각조차 나지 않는 과거의 일부였던 모양이다.

그 사실을 확인한 순간 단엽은 다시금 살의가 솟구쳤다.

누이를 죽이고 실수였다며 웃고 있던 그 모습이 아직도 눈에 선했다.

그런데……모른다고?

"그래? 그렇단 말이지?"

혼자 중얼거리던 단엽이 품에서 권갑을 꺼내어서 손에 끼웠다.

철컥.

기분 좋은 소리가 귓가를 울리는 그때.

단엽이 권갑을 낀 두 주먹을 들어 올린 채로 입을 열었다.

"상관없어. 이제 곧 기억나게 해 줄 테니까. 이 주먹으로."

*　　　*　　　*

단엽의 자신만만한 말투에 나환위는 헛웃음을 흘렸다.

자신이 누구라 생각하는가?

나환위다. 혈우일패도 나환위!

오래전부터 우내이십일성의 한 자리를 차지했고, 지금도 중원을 대표하는 최고수 중 하나인 자신을 지금 저 주먹으로 어떻게 해 보겠다는 소리에 절로 웃음이 나올 수밖에 없었다.

나환위가 물었다.

"그 주먹으로 자넬 기억나게 해 주겠다고?"

"응, 그렇게 하려고."

"무슨 수로?"

"무슨 수긴. 그냥 개 패듯 맞다 보면 저절로 기억이 날 거야. 사람이란 게 원래 그렇거든. 죽을 정도로 맞으면 까먹고 있던 일도 어제 일처럼 선명하게 기억이 나더라고."

너무도 단순한 말에 나환위는 상대의 얼굴을 다시금 살폈다.

분명 미치광이 같아 보이진 않았는데, 자신에게 혼자 도전하는 저 모양새가 도통 이해가 가지 않았다.

나환위가 입을 열었다.

"내 이름을 아는 걸 보아하니 내가 우내이십일성의 한 명인 건 알 테고."

"당연히 알지. 십 년이 넘게 오늘을 기다렸는데 그걸 모를까."

"……그런데도 덤빈다고?"

"큭, 그게 뭐 대수라고."

우내이십일성이 뭐 그리 대단하냐는 듯한 단엽의 말투에 기분이 상한 건 비단 나환위뿐만이 아니었다. 뒤편에 자리하고 있던 자운의 표정 또한 마찬가지로 구겨졌다.

자운이 불쾌한 표정으로 입을 열었다.

"이곳은 화산파의 구역이다. 누군지 모를 너 같은 녀석이 와서 행패를 부릴 곳이 아니라는 소리다. 여기서 이만 물러가지 않으면……."

"단엽이다."

단엽의 이름이 떨어지는 순간 대부분 사람들의 얼굴엔 당혹감이 서렸다. 무림에 몸담고 있는 이들, 단엽의 이름을 모를 리가 없었다.

모두가 깜짝 놀랐지만, 표정에 제일 큰 변화가 드러난 건 나환위였다.

"대홍련의 단엽?"

말을 내뱉는 나환위의 말투에서는 아까까지 가득했던 상대를 얕보는 듯한 느낌이 거짓말처럼 사라져 있었다.

단엽이라는 이름이 지닌 무게도 있었지만, 그보다는 사파에서 손꼽히는 세력인 대홍련의 존재 때문이었다. 그들은 정파로 치자면 구파일방과 다름없는 이들이다. 그런 곳의 이인자인 단엽이라면 쉬사리 대할 상대가 아니었다.

나환위의 질문에 단엽이 고개를 끄덕였다.

"맞아. 대홍련의 부련주."

상대의 신분이 자신이 예상했던 인물이라는 걸 확인하자 한결 누그러진 목소리로 나환위가 말을 이었다.

"허허, 부련주가 사람을 잘못 찾은 듯하군. 난 대홍련에게 실수를 범한 적이 없네."

단엽의 정체를 알았음에도 불구하고 나환위는 예전 그에게 자신이 벌인 일을 기억해 내지 못했다.

당연한 일이다.

당시 나환위가 그 같은 일을 벌였을 때만 해도 단엽은 그저 어린 꼬마였으니까.

그리고 그런 자그마한 산골 마을에서 벌어진 사건에 훗날 대홍련의 부련주가 될 아이가 끼어 있을 거라 어찌 상상이라도 했겠는가.

웃으면서 이 상황을 대화로 풀어 나가 보려 했던 나환위.

하지만 아쉽게도 단엽에게는 그럴 생각이 조금도 없었다.

그가 웃고 있는 나환위를 향해 말했다.

"재수 없으니까 그만 웃어."

"……아무리 대홍련의 부련주라 해도 적당한 선이 있는 법일세. 없던 일을 가지고 우길 생각인가?"

"네가 기억 못 하면 없던 일이 되는 거야? 어쩌지? 난 날 보며 웃던 네 얼굴이 똑똑히 기억나는데 말이야."

"대홍련에게 실수를 한 적이 없다니까?"

"그러니까 기억나게 해 준다고 했잖아. 이 주먹으로. 뭐 이리 말이 많아."

"······결국 그렇게 나오겠다는 말인가?"

대홍련과의 마찰은 피하고 싶어 최대한 좋은 방향으로 풀어 나가려 했다. 하지만 아쉽게도 상대의 의사는 너무나 명확했고, 이렇게까지 나오는 이상 나환위 또한 물러날 이유가 없었다.

더군다나 지금 자신의 뒤에는 화산파의 자운이 있었다.

같은 우내이십일성의 일인이자 무림맹주의 자리에 오를 자로 거론되는 자. 그런 그와 이번 만남을 통해 많은 이야기와 약조들을 나눴다.

아직 자세하게 모든 걸 정한 건 아니었지만 앞으로 자운과 손을 잡고 여러 가지 일을 진행하기로 한 상황이었다.

그런 지금 자신이 마치 겁이라도 먹은 것처럼 계속 꼬리를 만다면 자운이 어찌 보겠는가.

대홍련도 중요했지만, 그보다 화산파의 자운에게 우습게 보이는 일은 더욱 피해야 할 일이었다.

'대홍련과 척을 져야겠구나.'

둘 중 하나를 선택해야 하는 상황이 온다면 결국 더 큰 걸 들어 올리는 것이 당연한 이치.

그렇게 나환위가 마음을 정하고 있을 때였다.

자운은 상대가 대홍련의 단엽이라는 사실을 알고 다른 사실로 놀라 있었다.

그건 바로…….

'천무진의 동료잖아?'

세간에는 알려져 있지 않지만, 십천야의 일원인 자운이었기에 단엽이 천무진과 함께 움직이고 있다는 사실을 잘 알았다.

얼마 전 천무진 일행이 섬서 쪽으로 움직인다는 소문을 듣긴 했는데 그렇다면 이곳 화산이 목적이었단 말인가?

자운은 급히 주변을 둘러봤다.

십천야가 파악한 천무진 패거리는 정확히 네 명이다. 천무진과 단엽, 그리고 백아린과 한천이라는 자까지.

그런데 이곳에 있는 건 단 두 사람뿐이었다.

한 명은 단엽, 그리고 다른 한 명은 죽립을 쓰고 있어 얼굴은 확인할 수 없었지만 자운은 알 수 있었다. 저기에 자리하고 있는 게 천무진이 아니라는 것 정도는.

일전에 무림맹주를 쫓아내기 위해 열었던 회의에서 천무진을 직접 만나 본 적 있는 자운이다.

그랬기에 지금 단엽의 뒤에 자리하고 있는 저자가 천무진과는 덩치부터가 다르다는 걸 진작 알아차렸다.

그렇다면 지금 이 상황에서 저 알 수 없는 사내의 정체로 확률이 가장 높은 건…….

'한천인가 하는 그자인가?'

백아린에 대한 이야기는 이미 전해 들었다.

주란을 꺾었고, 말도 안 되는 실력으로 반조조차도 그 실력을 인정했다고 들었다. 만만한 상대로 분류되었다가 얼마 전 위험인물로 급부상한 백아린.

허나 이곳에 있는 건 그런 백아린의 수하인 한천이라는 사내로 보였다.

상대가 한천이라는 사실을 파악하자 자운은 안도의 한숨을 삼켰다. 다른 이라면 귀찮아졌을 싸움, 그나마 한천이라면 손쉬운 상대라 여겨졌기 때문이다.

그 순간 단엽이 말했다.

"어쩔 거야? 수하들하고 같이 덤빌 거면 그러고. 아니면 일대일로 해도 상관없고."

단엽의 그 말에 나환위의 표정이 다시 한번 일그러졌다.

원하면 여럿이서 같이 덤벼도 된다는 말은 그에겐 자신을 무시하는 말로 들렸으니까.

허나 그 순간 나선 건 나환위가 아닌 자운이었다.

이번 만남을 통해 나환위와 일종의 계약을 한 탓에 둘은 동맹을 맺은 것이나 다름없었다. 당연히 그를 돕기 위해 나선 것이다.

"대홍련의 부련주 단엽, 지금 자네는 우리 화산을 무시하는 겐가? 우리 손님과 지금 싸우겠다고?"

그때였다.

"화산파는 빠지시죠."

뒤편에 있던 한천이 스리슬쩍 단엽보다 앞으로 나서며 던진 한마디에 자운이 불쾌한 듯 말을 받았다.

"감히 누구보고 빠지라 마라 지껄이는⋯⋯."

"방금 전까지는 손님이었을지 모르지만, 이제는 아니지요. 화산파의 문을 넘어선 지 한참 지났으니까요. 거기다가 이것은 개인 간의 사사로운 원한입니다. 화산파는 그런 개개인의 원한에도 모두 끼어서 해결해 줍니까? 이거야 원 이렇게 좋은 문파인 줄 알았으면 나도 화산파에나 입문할 걸 그랬네."

한천의 말에 자운은 움찔했다.

사실 저 말이 틀렸다고 말하기는 어려웠다.

거기다 단엽이 지금 싸움을 거는 상대는 화산파의 인물이 아니었다.

심지어 정파의 무인도 아니었다.

중도 성향의 무인.

거기다가 한천의 말대로 이미 화산파의 일정을 끝마치고 문까지 나선 상황이다. 화산파 내에서 벌어진 일이라면 그걸 핑계로 도움을 줄 수도 있었지만 지금 상황에서는 그것도 아니다.

차라리 상대의 숫자가 많기라도 했다면 정정당당하지 못하다며 나설 수라도 있었다.

하지만 지금은 오히려 상대가 단둘뿐이었고, 나환위는 십여 명의 수하들을 대동하고 있다.

거기다가 일대일 대결을 하겠다는 상황.

비겁한 암습을 한 것도 아니고 무인끼리 정정당당하게 일대일 대결을 하자고 하는 이 마당에 자신이 나설 어떠한 명분이 없었다.

무림은 은혜와 원한이 뒤엉켜 돌아가는 곳. 사사로운 개개인의 일에까지 개입하기 위해서는 그에 맞는 명분이 필요했다.

'사파 놈이라는 핑계로 그냥 밀어 버려?'

잠시 그런 생각도 들었지만 이내 자운은 고개를 저었다.

굳이 자신이 뒷말이 나올 수 있는 부담을 짊어질 이유는 없었기 때문이다.

이번 화산파 장문인의 팔순 잔치를 핑계 삼아 우내이십일성의 하나인 나환위를 자신의 편으로 만든 자운이다.

그랬기에 그가 피해를 입는 건 원치 않아 어떻게든 도우려 했지만, 생각을 조금 달리하니 오히려 이건 자신에게 좋은 기회가 될지도 모른다는 생각이 들었다.

단엽과 나환위의 싸움.

일반적인 시선으로 보았을 때 승자는 당연히 우내이십일성이라 일컬어지는 나환위다.

단엽의 위명이 쟁쟁한 건 사실이었지만 아직 어렸고, 그러다 보니 우내이십일성인 데다 노련한 나환위가 이길 확률이 조금이나마 높다 생각됐다.

만약에라도 나환위가 단엽을 죽여 주기라도 한다면 천무진에게 큰 타격을 입히는 셈이 된다.

그렇다면 그야말로 손도 안 대고 코 푸는 격이 아닌가?

지금 자운이 속한 십천야에게 가장 중요한 건 무림맹주라는 자리가 아니었다.

바로 천룡성이었고, 천무진 또한 그곳과 깊은 관련이 있었다.

'죽여 주거나 불구로만 만들어 준다면 더할 나위 없겠는데 말이야.'

이미 물러서는 쪽으로 마음은 정했지만 자운은 내색하지 않으며 뒤편을 힐끔 쳐다보는 나환위와 시선을 맞췄다.

마치 대답을 기다리는 듯한 눈빛을 보내며 말이다.

그 순간 기다렸던 나환위의 전음이 날아들었다.

『내가 상대하지.』

『상대는 그래도 단엽인데 괜찮으시겠습니까?』

자운은 마음에도 없는 전음을 보내며 괜스레 걱정하는 척 시늉을 해 보였다.

그러자 나환위가 오히려 기분 나쁜 투로 되물었다.

『고작 저런 애송이에게 내가 질 것 같은가?』

『그럴 리가 있겠습니까. 아무리 대홍련의 부련주라 해도 아직은 경험 없는 풋내기일 뿐입니다. 혈우일패도 어르신의 적수가 아니죠.』

『내 금방 끝내도록 하지.』

『선배님의 무운을 빌겠습니다.』

짧은 인사말로 전음을 끝마친 상황.

그런 두 사람을 바라보고 있는 이가 있었으니 그건 다름 아닌 화산파 장문인의 여식인 양소유였다.

갑작스러운 단엽과 한천의 등장.

두 사람의 등장과 갑작스럽게 흘러가는 이 분위기에 양소유는 사실 적잖이 놀라 있었다.

허나 그녀는 말없이 상황을 지켜봤다.

이 일이 자신들이 아닌 나환위와 관련된 일이라는 걸 알아서다.

개인 간에 무슨 일이 있었는지 알 수 없는 지금 굳이 나서 필요는 없는 데다, 나환위가 어떠한 선택을 하든 우선은 삼자로서 그 결과를 지켜봐야 한다 생각했기 때문이다.

그런 상황에서 두 사람이 시선을 주고받는 걸 보자 양소유는 알 수 있었다.

'결정을 내린 모양이야.'

아마도 싸우는 쪽으로 정해질 거라는 예상을 하고 있을 무렵, 나환위가 입을 열었다.

"비월조, 모두 물러들 가거라."

자신의 수하들인 비월조에게 내린 명령.

그 말은 곧 일대일로 단엽과 붙겠다는 의사 표현이기도 했다. 명령이 떨어지자 곧바로 비월조가 뒤편으로 거리를 벌렸고, 마찬가지로 화산파 또한 적당히 뒤로 물러섰다.

단엽이 옆에 선 한천에게 시선을 돌렸다.

그가 한천에게 말했다.

"기다려. 곧 끝내고 돌아올 테니까."

"다치지 말고. 너무 다쳐서 환자 신세가 되면 술 못 마시잖아. 그러니까……."

말을 마친 한천이 갑자기 주먹으로 단엽의 가슴 부분을 툭툭 쳤다.

그러고는 의아한 표정을 짓는 단엽을 향해 천천히 말을

이었다.

"뜨거운 불꽃은 가슴에만."

그 한마디에 단엽은 자신도 모르게 픽 웃었다.

'최대한 티 안 냈다 생각했는데 용케 알고 있었네.'

단엽은 사실 상대가 우내이십일성이라고 해도 전혀 두렵거나 동요하지 않았다.

그럼에도 불구하고 그는 겉보기와는 달리 내심 속으로 잔뜩 흥분된 상태였다.

당연했다.

십수 년이 넘는 시간 동안 이를 갈아 왔던 상대를 눈앞에 마주하고 있다.

어찌 그 마음이 가벼우랴.

허나 무인에게 그런 마음 상태는 분명 쥐약이었다.

가슴은 뜨겁더라도 머리는 차갑게.

조금의 흥분이 큰 대가로 돌아올 수도 있는 상황이었다. 한천은 그런 단엽의 상태를 알아차리고 침착함을 되찾게 해 주기 위해 이 같은 농담 섞인 말을 던진 것이다.

그리고 그 한마디는 생각보다 침착함을 되찾는 데 많은 도움이 되어 줬다.

단엽이 한천을 마주 본 채로 히죽 웃었다.

"술을 못 마실 순 없지. 그게 얼마짜린데."

말과 함께 단엽은 옆에 서 있는 한천의 어깨를 가볍게 두어 번 두들겼다.

굳이 입에 담지는 않았지만, 그 행동에는 한천에 대한 고마움이 담겨 있었다.

그렇게 한천을 두고 단엽이 나환위의 앞으로 다가갈 무렵이었다.

나환위가 입을 열었다.

"작별 인사는 끝난 게냐?"

"작별 인사는 무슨. 오늘 저녁 뭐 먹을지 이야기하다 왔는데."

놀리는 듯 말하는 단엽의 말투에 나환위는 절로 입술이 꿈틀거렸다.

자신을 앞에 두고 저런 여유를 가진다는 것만으로도 무척이나 기분이 상했다.

나환위가 허리에 찬 도를 꺼내어 들었다.

스르릉.

서슬 퍼런 빛을 토해 내는 도는 무척이나 두껍고 커다랬다. 보는 것만으로도 사람을 위축되게 만드는 묘한 박력이 느껴지는 무기였다.

그런 나환위와 마주한 단엽이 가만히 서 있을 때였다.

나환위가 도를 비스듬히 옆으로 눕히며 웃음을 흘렸다.

"왜? 내 커다란 도를 보니 겁이라도 먹은 게냐?"

"겨우 그 정도에? 아쉽게도 날 놀라게 하려면 최소 그것보다 열 곱절 정도는 더 커다란 도를 휘둘러야 할걸. 내 주변에 그보다 다섯 곱절은 더 무거운 검을 막대기처럼 휘두르는 여자가 하나 있어서 말이야."

"그게 무슨 말도 안 되는…….'"

허나 돌아오는 건 대답이 아닌 주먹이었다.

그가 주먹을 내뻗었고, 곧바로 주먹에서 뻗어 나온 권풍이 나환위가 있는 곳으로 날아들었다.

"읏!"

서둘러 발을 움직인 나환위가 빠르게 날아올랐다.

쒜에에엑!

바람을 가르며 날아드는 도에서는 맹렬한 파공음이 터져 나왔다. 주변의 것들이 나환위의 도에서 뿜어져 나오는 기운을 버텨 내지 못해 흔들렸고, 그만큼 파괴적인 힘이 주변으로 확 하고 퍼져 나갔다.

날아드는 도.

그렇지만 단엽은 그 도를 피하지 않았다.

오히려 내력에 휩싸인 자신의 손을 날아드는 도를 향해 움직였다.

그리고…….

쩌엉!

모든 것을 부술 것처럼 날아들던 도가 단엽의 손가락 사이에 잡힌 채로 거짓말처럼 멈추어 있었다.

양손으로 도를 휘둘렀던 나환위는 다섯 개의 손가락으로 무기를 꽉 움켜쥔 단엽의 모습에 일순 놀란 듯 눈을 치켜떴다.

'손가락으로 이걸 잡아 낸다고?'

나환위의 얼굴이 잔뜩 일그러지는 그 순간 단엽이 속삭였다.

"이거 실망인데. 겨우 이 정도야?"

장난스러운 그 한마디에 나환위의 얼굴이 새빨갛게 물들었다.

8장. 격돌
— 실수였거든

　나환위는 붉어진 얼굴로 상대인 단엽을 매섭게 노려봤다. 자신이 휘두른 도를 손가락으로 잡아 내는 이 모습은 상상조차 하지 못했다.

　아무리 권갑을 끼고 있다고 해도 이런 방식으로 공격을 받아 내는 건 무림에서 제법 잔뼈가 굵다 자부하는 나환위조차도 당황스러움을 금하기 어려웠다.

　찰나 밀려오는 놀람.

　허나 동시에 화도 치밀어 올랐다.

　'……날 우습게 보다니!'

　굳이 이런 방식으로 공격을 받아 냈다는 것 자체가 화를 돋게 하려는 의도가 분명했다.

그리고 그런 나환위의 생각은 정확했다.

도를 꽉 쥔 채로 단엽이 놀리는 듯 웃고 있었으니까. 그렇지만 단엽 또한 상대의 실력을 얕잡아 보고 있는 건 아니었다.

중원을 대표하는 우내이십일성의 하나.

그에게 이런 식으로 도발을 한 건 그저 상대를 우습게 만들려는 의도만 있는 건 아니었다.

도와 주먹의 간격.

무인에게 있어 가장 중요하게 선점해야 하는 건 다름 아닌 거리다. 상대보다 자신이 더 유리할 수 있는 거리를 잡는 건 그만큼 중요하다.

나환위의 무기는 도, 그리고 단엽은 주먹.

가뜩이나 도 중에서도 큰 걸 휘둘러 대는 나환위였으니, 거리가 벌어질수록 유리해지는 것 또한 그일 수밖에 없었다.

그랬기에 이런 식으로 공격을 받아 내며 순간적으로나마 단엽은 자신에게 유리한 위치를 선점한 것이다.

물론 이렇게 계속해서 손으로 도를 잡고 있다면 곧 위험해질 거라는 것도 잘 알았다.

순간적으로 나환위가 도에 내력을 불어넣는 걸 느끼는 그 즉시 단엽의 손은 이미 움직이고 있었다.

파앙!

단엽은 손가락으로 도를 튕겨 냄과 동시에 회전하며 아래로 파고들었다.

부웅! 붕!

막 도를 움직이려던 나환위는 단엽이 손을 놔 버리며 아래를 파고들자 일순 당황했지만, 노련한 무인답게 빠르게 방어에 나섰다.

파앙!

도를 급히 아래로 세워 곤(ㅣ) 자 형태로 만들어 방어를 해내고는 균형을 낮추고 있는 단엽을 향해 빠르게 발을 내뻗었다.

파앙!

가벼워 보이는 발길질이지만 거기에서는 무시할 수 없는 내력이 쏟아져 나왔다.

단엽은 껑충 허공으로 뛰어올랐다.

동시에 그가 있던 바닥이 폭발하며 치솟아 올랐고, 흙먼지와 함께 날아오른 단엽이 허공에서 재빠르게 주먹을 들어 올렸다.

단엽의 주먹에 새빨간 불꽃이 피어올랐다.

열화신공의 첫 번째 초식인 열화낙뢰(熱火落雷)였다.

하늘을 붉게 물들이는 불꽃들이 단엽의 주먹에서 피어오

르더니, 이내 그 기운들은 유성우가 되어 아래로 쏟아져 내렸다.

콰콰콰콰쾅!

순식간에 주변을 휩쓰는 파괴력에 인근에 가득 자리하고 있던 나무들이 뽑혀져 날아갔다.

순간적으로 모든 걸 태울 듯 주위를 집어삼키는 새빨간 불꽃.

하지만……

바닥에 착지한 단엽은 자신이 공격을 쏟아 낸 곳을 향해 가볍게 시선을 던졌다. 순간적으로 내력을 집중시켜 공격을 펼쳤지만, 성공적인 결과는 아님을 알고 있었다. 자신이 쏟아 낸 불꽃이 무엇에 막힌 듯 서서히 주변으로 퍼져 나가고 있었으니까.

휙휙.

소리와 함께 불꽃 속에서 한 명의 인물이 걸어 나오고 있었다. 전혀 타격을 입지 않은 나환위가 도를 휘젓고 있었고, 그 움직임에 의해 불꽃은 옆으로 밀려 나갔다.

나환위가 입꼬리를 비튼 채로 말했다.

"잔재주를 부리는구나. 이런 공격이 나에게 통할 거라 생각했더냐?"

그의 말에 단엽이 어깨를 으쓱하며 답했다.

"겨우 이 정도 막아 놓고 뭐 그리 유세야. 그냥 싸움의 시작을 알리는 축포 하나 터트린 수준인데."

"과연 그 자신감이 언제까지 이어질 수 있는지 한번 보고 싶군그래."

말을 끝낸 나환위가 내력을 실은 도를 휘젓기 시작했다.

부웅, 부웅! 붕!

바람을 가르는 소리와 함께 주변으로 퍼져 나가는 은은한 도기가 날카로운 기운이 되어 인근에 있는 것들에 흔적을 새기기 시작했다.

떨어져 내리던 나뭇잎들에도, 인근에 있는 바위나 나무에도 마치 할퀸 듯한 잔흔이 모습을 드러냈다.

츠츠츠츠!

스산한 분위기가 일순 퍼져 나가는 화산의 중턱에서 단엽이 주먹을 추켜올렸다.

지지 않겠다는 듯 피어오르는 단엽의 투기.

그리고 두 사람이 서로를 향해 달려들었다.

번쩍! 쾅!

순간적으로 시야에서 사라졌다고 느껴진 나환위가 어느새 벼락처럼 도를 내리치고 있었다.

허나 이미 그곳에 단엽은 없었다.

쿠우웅!

묵직한 소리와 함께 단엽의 주먹이 나환위의 안면으로 날아들었다. 허나 나환위는 재빠르게 도를 위로 들어 올리며 그 공격을 쳐 냈다.

캉!

권갑과 도가 충돌하며 만들어 낸 귓가를 울리는 강렬한 쇳소리. 그리고 곧바로 두 사람의 공격이 상대를 향해 재차 날아들었다.

카카캉! 캉!

서로를 향해 마구 휘두르는 공격들이 쉼 없이 쏟아져 나왔다. 단엽의 주먹과 나환위의 도가 상대의 빈틈을 연신 파고들었다.

스윽.

나환위의 도가 아슬아슬하게 단엽의 앞섶을 베고 지나가는 그 순간 나환위의 안쪽으로 파고든 그가 손을 추켜올렸다.

들어 올린 손이 대각선으로 강하게 떨어져 내렸다.

퍽!

황급히 고개를 돌리며 충격을 최소화시키긴 했지만 단엽의 주먹은 결코 가볍지 않았다. 볼에 일격을 허용하며 나환위의 고개가 휙 하니 돌아갔다.

동시에 입 안이 터져 나가며 입술 사이로 피가 흘러나왔다. 순간적으로 머리가 멍해질 정도의 충격이었지만 나환위는 빠르게 정신을 다잡았다.

그의 눈앞으로 바람을 가르며 주먹이 다가오고 있었으니까.

부웅!

귓가를 울리는 소리에 나환위는 순간 소름이 돋았다.

'피해야 한다!'

이 주먹에 적중당하면 상당한 타격을 입게 될 거란 걸 알았기에 그는 황급히 몸을 움츠리며 어깨 위로 공격을 흘려보냈다. 동시에 나환위는 곧바로 도를 위로 올려 쳤다.

휙!

빠르게 얼굴로 날아드는 도, 그렇지만 단엽은 침착하게 그 공격을 받아 냈다.

카앙.

오른쪽 손등으로 도를 밀쳐 낸 단엽은 곧장 어깨로 상대를 들이받았다. 간단해 보이는 공격, 그렇지만 발을 내딛는 순간 주변 땅이 쩍 갈라질 정도로 강한 발 디딤과 함께였다.

단순한 공격이 아닌 내력이 담긴 꽤나 강력한 일격이라는 의미였다.

그리고 그걸 증명이라도 하는 듯이 나환위는 황급히 도로 자신의 몸을 보호했다.

동시에 강렬한 소리가 귓가에 울렸다.

쩌어엉!

어깨에 밀려 나간 나환위는 수십 걸음이나 뒷걸음질 쳐야
만 했다. 동시에 주변으로 퍼져 나간 기운으로 인해 단엽의
머리카락이 하늘로 떠올랐다가 나풀거리며 떨어져 내렸다.

밀려 나가던 나환위가 황급히 도를 바닥에 꽂아 넣으며
균형을 잡았다.

그리고 그 또한 그대로 당하고 있지만은 않았다.

몸의 균형을 잡는 것과 동시에 나환위는 땅에 박아 넣었
던 도를 뽑으며 빠르게 회전했다. 동시에 도에 맺힌 도기가
맹렬하게 불타올랐다.

'구룡이팔기(九龍利八氣)!'

도기가 순식간에 아홉 개로 늘어나는 듯싶더니 그것들은
곧장 단엽을 향해 날아들었다.

콰콰콰쾅!

단엽이 서 있던 곳을 중심으로 주변의 모든 것들이 폭발
해 나가는 순간 그 안에서 새카만 그림자 하나가 치솟아 오
르고 있었다.

단엽이었다.

"어딜!"

허공으로 날아오른 단엽의 몸이 마치 먹이를 노리는 매
처럼 빠르게 떨어져 내렸다. 그의 두 주먹에는 이미 새빨간

불꽃이 넘실거리고 있었다.

단엽의 몸 주변으로 회오리가 밀려들었다.

그리고 그것은 이내 주먹에 피어오르던 불꽃과 합쳐지며 커다란 불 회오리를 형성해 냈다.

요동치는 불 회오리는 모든 걸 불태울 것처럼 뜨거운 열기를 토해 냈고, 동시에 주변 것들을 빨아들였다.

하늘을 나는 단엽의 몸 주변에서 벌어지는 그 기묘한 풍경은 가히 압권이었다.

쿠쿠쿠쿵!

불 회오리 속으로 빨려 들어가는 것들을 눈앞에서 마주한 나환위는 자신도 모르게 마른침을 삼켰다.

눈으로 보고도 쉬이 믿기 힘들 정도의 박력. 그리고 이같이 보고도 믿기지 않는 장면을 만들어 내려면 어마어마한 내공이 있어야 가능했다.

그랬기에 쉬이 납득이 가지 않았다.

'어떻게 이런 어린놈이⋯⋯.'

허나 놀라고만 있을 순 없었다.

그 불 회오리가 곧장 쏟아져 나오고 있었으니까.

나환위는 이를 악문 채로 자신의 내공을 끌어올렸다. 보통 공격은 그대로 무(無)로 만들어 버릴 정도의 초식이다. 어지간한 무공으로 대적할 순 없다는 소리였다.

우드드드!

기괴한 소리와 함께 나환위의 도에서 강기가 솟구쳐 올랐다.

금빛의 강기는 밀려드는 회오리를 향해 십(十)자의 형태로 쏘아져 나갔다.

금혼십자강(金魂十字罡).

나환위가 우내이십일성의 자리에 오르는 데 결정적인 역할을 한 무공이다. 십자 형태로 쏟아지는 강기는 형용하기 어려운 위력을 뿜어냈다.

순식간에 펼쳐진 초절정의 무공.

이런 것이 가능한 건 지금 이 싸움을 벌이고 있는 두 사람의 수준이 워낙 높기 때문이었다.

쿠웅!

화산이…… 뒤흔들렸다.

두 개의 힘이 충돌하며 주변에 자리하고 있던 것들이 미친 듯이 밀려 나갔다. 그 안에는 화산파의 무인들과 나환위를 따르는 비월조 또한 자리하고 있었다.

뛰어난 정예들, 허나 그런 그들조차도 두 사람의 격돌로 인해 생겨나는 충격파를 버텨 낼 재간이 없었다.

모두가 물러나는 와중에 여전히 제자리에서 버티고 선 이는 오로지 한 명.

우내이십일성의 하나이자 십천야의 일원이기도 한 화산파의 자운이었다.

그가 피어오르는 흙먼지 속에서 미간을 찡그린 채로 나지막한 소리를 토해 냈다.

"흐음."

겉으로 보기엔 백중지세.

그렇지만 자운은 알고 있었다.

이 싸움의 분위기를 잡아 가고 있는 건 단엽이었다.

그리고 그런 자운의 생각은 곧 가라앉은 흙먼지 안에서의 모습으로 증명될 수밖에 없었다.

서로를 향해 날아들었던 공격으로 인해 곳곳에 자리하고 있던 나무나 바위들은 뽑혀 날아가거나 부서져 흔적조차 남기지 않고 사라졌다.

동시에 서로를 향해 공격을 날렸던 두 사람 모두 반대쪽으로 밀려 나간 상황.

그렇지만…….

위에서 떨어져 내리며 균형을 잡기 어려웠던 단엽은 오히려 멀쩡하게 서 있는 반면, 반대편에 자리하고 있던 나환위의 입 주변은 피투성이였다.

수염은 피에 젖어 새빨갛게 물들었고, 몸은 부들부들 떨고 있다.

이내 떨고 있던 나환위가 짧게 기침과 함께 피를 토해 냈다.

"콜록."

손등으로 입을 틀어막았지만, 피가 튀어 올라 볼을 적셨다. 도를 든 그가 분노로 이글거리는 눈동자로 단엽을 노려보며 소리쳤다.

"단여어업!"

자신의 이름을 목청 높여 부르는 나환위의 모습.

단엽의 입가가 씰룩였다.

그가 천천히 주먹을 쥔 채로 싸울 자세를 잡았다.

순간적으로 과거의 기억이 머릿속을 스쳐 지나갔다. 당시 나환위는 피투성이가 된 자신을 내려다보며 말했다.

꼬마라고.

그렇지만 지금 저자의 상태를 보라.

분노에 찬 얼굴로 자신의 이름을 울부짖는 저 모습을.

단엽이 입가에 미소를 머금은 채로 말했다.

"보고 싶었다고. 지금처럼 웃음기 사라진 얼굴로 날 보며 분노하는 네 모습이."

"이익!"

화가 난 나환위가 달려들었다.

그의 도에 맺힌 도기가 연신 주변으로 퍼져 나갔다.

쾅쾅쾅!

순식간에 달려들며 휘두르는 그의 공격에 단엽은 권갑을 낀 주먹으로 맞상대를 하기 시작했다.

그리고 자운은 그런 두 사람을 바라보며 침착하게 상황을 읽어 내려갔다.

'우내이십일성 수준인 사(四)급에 들어섰다는 보고는 들었지만…… 그래도 이 정도란 말인가?'

이대로 가다가는 자신이 애써 짜 놓은 계획들이 수포로 돌아가게 생겼으니 자운으로서는 심기가 불편할 수밖에 없었다.

'한심하긴. 고작 저런 놈 하나를 어쩌지 못해서.'

같은 우내이십일성이라 불리는 것이 불쾌할 정도다.

물론 자신은 개중에서도 손꼽히는 강자였고, 나환위는 간신히 끝자락에 위치한 수준이었지만 그래도 같은 우내이십일성이라 불리는 이들.

왠지 그가 진다면 자신 또한 단엽보다 아래가 되는 것 같으니 좋을 리 만무했다.

엇비슷하거나, 나환위가 우위일 거라는 예상이 빗나가자 자운으로서는 속이 복잡해졌다.

'이대로 그냥 보고만 있어야 하나?'

나환위를 통해 얻을 이득도 중요하지만, 천무진의 수족이나 다름없는 단엽의 제거 역시 엄청난 이득을 줄 터였다.

그건 십천야 내에서 자신의 자리를 더욱 공고히 할 수 있는 기회였다.

무림의 많은 이들은 말한다.

무림맹주가 되어 무림을 이끌 재목이라고. 그리고 머지않은 미래에 천하제일인이 될 무인이라고도 말이다.

하지만 그건 모르는 이들의 헛소리에 불과하다.

분하지만…… 자운은 알고 있다.

자신보다 강한 무인들이 있다는 사실을.

무림에서는 최고의 무인 중 하나로 손꼽히지만 십천야 안에서 보자면 자신은 평범한 한 명에 불과할 뿐이다.

자운은 욕심이 많았다.

진정한 의미의 천하제일인이 되고 싶었다.

그리고 그러기 위해서는…… 십천야의 주인이 되어야만 한다. 그걸 알기에 자운은 이번 기회를 놓치고 싶지 않았다.

천무진의 편인 단엽을 죽이는 공을 차지해서 어르신에게도 더욱 인정받고 십천야 내에서 두각을 드러내고 싶은 욕심이 있는 것이다.

그러기 위해서는 지금 흘러가는 이 분위기를 어떻게든 바꿔야 할 터인데…….

그렇게 격돌하는 두 사람을 번갈아 보고 있던 자운의 시선에 스치듯 누군가가 들어왔다.

반대편에 자리하고 있는 한천이었다.

팔짱을 낀 채로 대결을 바라보고 있는 그 광경은 아무렇지 않게 지나쳐 갈 수 있는 모습이었다.

그리고 자운 또한 그럴 뻔했다.

뭔가 이상한 점 하나를 발견해 내지 못했다면 말이다.

스쳐 지나가던 시선이 다시금 한천에게로 향했다.

자운이 의아한 표정을 지어 보였다.

'……아까 그 자리 아닌가?'

자운이 의아해하는 이유는 바로 그것이었다.

밀려 나갔어야만 했다.

화산파의 무인들이나 비월조가 그랬던 것처럼. 이 충격파는 그만큼 위협적이었다.

자신조차도 내공을 끌어올리며 어렵사리 버텨 냈던 상황. 아무리 반대편이라고 해도 저쪽으로 퍼져 나간 충격 또한 크게 다르지 않을 터다.

고작 칠(七) 급으로 분류되는 데다 별다른 특별한 점도 없는 저 한천이라는 자가 이 충격 속에서도 자리 이동 없이 버텨 낼 리 만무했다.

'잘못 본 건가?'

지금으로서 머리가 내릴 수 있는 최고의 답은 자신이 착각하고 있다는 것이었다. 만약 그렇지 않다면 한천이라는 저자 또한 자신들의 정보와는 다르게 엄청난 고수라는 건데…….

'진짜 아무런 것도 없는 놈인데 아무리 요즘 귀문곡의 일처리가 별로였어도 그 정도의 고수를 놓쳤을 리가 없지.'

중원의 사대 정보 단체 중 하나인 귀문곡이다.

그런 그들이 아무 것도 없다 판단을 내린 상대, 설마 그런 일이 있을까 스스로 결론지었다.

그렇게 생각을 마무리 지은 자운은 이상할 정도로 한천에게 향하는 시선을 애써 다잡았다.

그리고 그 순간 자운의 신경을 바로 돌려 버릴 정도로 커다란 소리가 귓가에 울렸다.

쾅쾅!

들려오는 두 번의 충돌음.

자운의 시선이 두 사람이 싸우고 있는 전장을 향해 움직였다.

그리고 그곳에는 연달아 좌우로 나환위의 얼굴을 후려친 단엽이 주먹을 들어 올리고 있었다.

나환위가 이를 악문 채로 도를 움직였다.

"이잇!"

팡!

서둘러 휘두른 도를 막기 위해 단엽이 주먹으로 가슴 부분을 보호했다. 동시에 밀려 나가는 그를 향해 나환위의 도가 다시 한번 움직였다.

스스슷!

재빠르게 보법을 바꾸며 날아드는 도기의 일부를 흘려보냈지만, 단엽의 목과 팔뚝에는 가벼운 상처가 남았다.

동시에 두 사람이 서로를 향해 날아들었다.

순간적으로 단엽과 나환위는 내공을 끌어올려 상대에게 강한 충격을 남겼다.

펑!

폭음과 함께 두 사람의 몸이 반대편으로 날아가 박혔다. 재빠르게 상태를 정비한 두 사람은 가볍게 자세를 취했다.

단엽의 손에 잡혔던 탓에 어느덧 나환위의 상의 일부분은 찢겨져 나갔고, 행색 또한 엉망이었다. 드러난 가슴팍은 단엽의 주먹으로 인해 새빨갛게 물들어 있었고, 곳곳이 부어오르기도 한 상태였다.

물론 우내이십일성 중 하나인 나환위의 일격을 받아 낸 단엽도 완전히 멀쩡하지는 못했다.

단엽이 팔등으로 가볍게 입가를 훔쳤다.

흘러내리는 피를 닦아 낸 그의 눈동자는 여전히 살의로 빛났고, 그걸 마주하고 있는 나환위로서는 속이 답답해졌다.

도저히 이해가 가지 않았으니까.

'대체 내가 언제 대홍련을 건드렸다는 거야?'

다른 이들에게 공명정대한 인물로 알려져 있는 자신이다.

허나 자신은 알려진 것처럼 그렇게 좋은 사람이 아니었다.

돈 되는 일이나 자신의 이득을 위해서 알려지지 않은 음지의 일에 개입하곤 했다. 허나 그 모든 일에 있어 나환위는 언제나 신중하게 판단했었다.

절대 뒤를 잡힐 상황은 만들지 않았고, 눈 밖에 나선 안 될 세력과 연관된 일에는 결코 개입하지 않았다.

대홍련은 사파의 거두 중 하나.

그들과 연관된 일이라면 오히려 자신이 먼저 피했을 게다. 하물며 그런 대홍련의 부련주가 얽혀 있다면 더더욱.

도저히 생각나지 않는 기억.

'저 얼굴 기억이 안 나는데…….'

단엽의 얼굴을 보면서 잠시 머리를 굴려 봤지만, 선뜻 떠오르는 사건은 없었다. 저런 외모라면 분명 자신의 기억에 단단히 박혀 있어야 하거늘…….

단서는 오직 하나.

오른쪽 뺨에 난 저 긴 상처뿐이다.

분명 단엽 스스로가 상처를 가리키며 자신을 기억하지 못하겠냐고 되물었었다. 그렇다면 저 상처가 자신과 관련이 있는 건 분명할 터.

'오른쪽 뺨? 상처?'

바로 그 순간이었다.

빠르게 단엽이 거리를 좁히고 들어왔다.

'이런!'

잠시 생각에 빠진 탓에 반응이 늦어 버렸다. 그렇지만 나환위는 날아드는 단엽의 손을 아슬아슬하게 붙잡아 낼 수 있었다.

동시에 그는 빠르게 손에 들린 도를 휘둘렀다.

그렇지만 단엽은 마주 잡은 손을 놓지 않은 채로 반대편 주먹을 움직였다.

카앙!

대검을 권갑으로 받아 낸 상황에서 두 사람은 한 손을 서로 맞잡고 힘 싸움에 들어갔다.

나환위는 이를 악물었다.

커다란 도를 휘두른다는 것. 그것 자체가 힘에 있어 어느 정도 자신감이 있다는 걸 표출하는 것이었다. 그리고 실제로 나환위는 꽤나 괴력의 소유자였다.

하지만……

으드드득!

"으으악!"

뼈가 부러지는 소리와 함께 왼손가락의 감각이 사라졌다. 정말이지 눈 두어 번 깜짝할 시간조차 버텨 낼 수 없을 정도로 엄청난 힘이었다.

순식간에 손가락이 꺾이며 나환위의 입에서 고통에 찬 비명 소리가 울려 퍼지는 그 찰나.

단엽이 웃으며 입을 열었다.

"아, 살살 하려고 했는데 예상보다 힘을 더 줘 버렸네. 미안, 그런데 이해해 줘. 실수였거든."

누이를 죽인 이후 나환위가 내뱉었던 그 말.

그 말을 고스란히 돌려주는 그 순간이었다.

나환위의 안색이 새하얗게 변했다.

기억이 난 것이다.

오른쪽 뺨의 상처, 그리고 웃으면서 내뱉는 실수였으니 이해해 달라는 저 말까지.

나환위가 더듬거리며 입을 열었다.

"너…… 설마 그때 그 꼬맹이?"

*   *   *

꼬맹이라 말하는 나환위의 모습에 단엽은 그가 자신을 기억해 냈다는 사실을 알 수 있었다.

그랬기에 단엽은 기분이 좋았다.

적어도 이제 다시는 그날의 일을 잊지 못하게 될 테니까.

물론…… 오늘 이 자리 이후에 그가 살아 있어야 가능한 일이겠지만 말이다.

단엽이 여전히 손을 움켜쥔 상황에서 입을 열었다.

"이제 기억이 났나 보네?"

"……."

나환위는 선뜻 대답을 하기 어려웠다.

물론 대내외적으로는 별문제가 없었던 사건이다. 오히려 자신은 산채에 납치당한 이들을 구해 낸 것으로 더욱 위명을 떨쳤었다.

당시 산채에 납치되어 있던 이들 또한 그 모든 것이 자신들의 계획이었다는 것도 모르고 오히려 일을 꾸민 당사자인 나환위에게 고마워하는 상황.

'하필이면 그 꼬마가 대홍련의 부련주가 되었단 말인가?'

당시 쓰러진 채로 자신을 향해 소리를 질러 대던 꼬마를 비웃으며 한마디를 던졌던 것이 전부였다. 그런데 그런 자그마한 방심이 이렇게 큰 칼이 되어 자신에게 돌아올 거라고는 생각도 하지 못했다.

침묵하는 나환위를 향해 단엽이 말했다.

"왜? 이제라도 용서를 구하고 싶은 건 아니지?"

"……그럴 리가. 난 아무런 잘못을 하지 않았네."

꺾여 비틀려 버린 왼손에서 느껴지는 고통을 억누르며

나환위가 답했다.

어차피 증거는 아무런 것도 없다.

그저 어린 날의 단엽에게 자신이 웃으며 말했다는 기억 그 하나뿐이거늘, 고작 그거로는 자신이 쌓아 올린 공든 탑을 무너트릴 수 없을 것이다.

자신을 기억해 내고도 전혀 잘못이 없다며 모르쇠로 일관하는 나환위였지만 단엽은 크게 동요하지 않았다.

사실 어느 정도 예상했던 범주 안에서의 반응이었기 때문이다.

단엽이 몸을 더 밀착시키며 입을 열었다.

"좋은 대답이야. 사실 미안하다고 사과하지 않기를 더 바랐거든."

"……네가 이겼다 생각하느냐? 까불지 마라!"

캉!

말과 함께 나환위가 권갑에 막혀 있던 도를 힘껏 밀어붙였다. 덕분에 잠시 벌어진 틈으로 그가 빠르게 자신의 무기를 비집어 넣었다.

파앗!

팔을 노리고 날아든 공격, 그랬기에 단엽은 움켜쥐고 있던 나환위의 왼손을 놓으며 뒤로 물러섰다.

팡.

소맷자락이 터져 나갔다.

뒤로 물러서는 단엽을 보며 나환위는 미간을 찌푸렸다. 왼손 다섯 손가락의 뼈마디 모두가 박살이 나 버렸다.

'왼손은 이제 쓰기 힘들겠군.'

가뜩이나 뭔가 자신이 밀리고 있었던 상황, 거기에 왼손까지 이렇게 되어 버리니 마음이 조급해졌다.

그리고 역시나 무엇보다 신경이 쓰이는 건······.

뒤편에 있는 자운의 존재였다.

이름을 떨치는 젊은 고수라고는 해도 자신이 질 가능성은 일 할도 없다 여겼다. 그러니 혼자서도 전혀 문제없다며 호언장담까지 하지 않았던가.

그런데 지금 자신이 모습을 보라.

이처럼 우스운 꼴이라니······ 자운의 눈에 어찌 보일지가 너무나 신경 쓰였다.

'시간을 더 끌어선 위험해.'

잃게 된 왼손. 싸움이 길어지면 길어질수록 상황은 자신에게 더욱 불리하게 흘러갈 것이다. 그렇다면 다음 공격으로 승부를 내는 것이 지금으로선 가장 현명한 선택일 수밖에 없었다.

'그렇다면······ 역시 이거겠지.'

스르릉.

커다란 도를 옆으로 눕힌 채 슬며시 어깨 위로 올렸다. 너무 큰 힘이 뿜어져 나오는 탓에 한 손만으로는 감당하기 어려운 무공.

그랬기에 평소에는 양손을 사용했지만, 왼손이 박살 난 지금 임기응변을 보여 주는 것이다.

어깨에 도를 올려 균형을 잡은 나환위가 내력을 끌어올렸다.

붉은 기운이 넘실거리며 도로 밀려들기 시작했다.

뒤편에서 이 싸움을 초조하게 보고 있던 자운은 나환위가 무슨 무공을 펼치려고 하는지 단번에 알아차렸다.

단 한 번의 공격.

그것만으로 모든 걸 베어 넘긴다고 알려진 혈라성강참(血羅星强斬)이다.

나환위가 지닌 최고의 무공. 그랬기에 자운은 짐작했다.

'승부수를 던지려고 하는군.'

그걸 알기에 자운의 표정은 한결 더 진지해졌다.

어쩌면 이번 일격으로 이 싸움의 승패가 결정될 테니까.

혈라성강참을 펼치기 위한 내력을 끌어모은 나환위가 입을 열었다.

"내가 마지막 기회를 주지. 여기서 물러난다면…… 자네는 살 수 있어."

사실 나환위가 최고로 원하는 그림은 이쯤에서 단엽이 알아서 물러나 주는 것이었다. 그렇다면 자신의 면도 서고, 굳이 대홍련과 마찰이 생기는 일도 피할 수 있었다.

허나 그런 그의 바람이 무색할 정도로 단엽은 곧바로 웃으며 답했다.

"겁먹은 주제에 선심 쓰는 척하긴. 까불지 말고 와 보라고."

"……굳이 죽겠다면야."

더는 망설일 이유가 없었기에 나환위는 곧장 어깨에 얹고 있던 도에 더욱 강한 힘을 불어넣었다. 폭발하듯 밀려들던 내공을 감당하기 어려운지 도가 흔들리는 바로 그 찰나!

단엽의 등 뒤로 한 줄기 서늘한 바람이 밀려왔다.

동시에 그의 주먹에 커다란 불꽃이 확 하고 피어올랐다.

열화신공(熱火神功) 삼(三)초 열화풍절(熱火風絕).

상대가 정면으로 승부를 걸어온다는 사실을 알았다. 그런 그를 향해 단엽은 마찬가지로 정면 대결이라는 답을 내려 준 것이다.

'네깟 놈에게 물러서지 않는다.'

단엽이 성큼 앞을 향해 걸음을 옮겼다. 이내 그 한 걸음은 곧 두 걸음이, 그렇게 점점 속도가 빨라지던 그의 몸이 순식간에 날아올랐다.

피어오른 불꽃이 순식간에 팔목을 넘어 팔꿈치까지 집어삼켰다.

달려드는 단엽의 모습에서는 마치 한 마리의 성난 맹수가 비치는 듯했다.

순식간에 거리를 좁히고 들어오는 단엽의 모습을 보며 나환위는 서둘러 도를 움직였다.

부웅, 붕!

단 한 번의 베기.

그걸로 끝을 내야만 한다.

"받아랏!"

소리를 내지른 나환위가 도에 맺힌 강기와 함께 단엽을 향해 껑충 뛰어올랐다. 서로를 향해 일격필살의 공격을 펼치는 두 사람에게 뒤는 없었다.

세상의 모든 것이 두 사람의 주변에서 고요하게 가라앉았다.

그리고…….

쿠웅, 쿵!

나지막한 소리와 함께 두 개의 힘이 서로를 향해 이를 드러냈다. 동시에 눈을 뜨기 힘들 정도의 붉은빛이 나환위의 도에서 터져 나왔다.

"윽!"

자운조차도 손을 들어 올려 시야를 보호하며 껑충 뒤로 뛰어올랐다. 혹시 모를 상황에 대비하기 위해서였다.

이윽고 충돌한 두 개의 힘.

쾅쾅쾅!

우지끈!

땅에 깊숙이 박혀 있던 어마어마한 크기의 거목들이 뽑혀져 사방으로 날아갔다.

"진형을 갖춰라!"

놀란 화산파 무인들은 버럭 소리를 내지르며 각자의 자리로 가서 날아드는 나무나, 바위들을 쳐 내기 급급했다. 그리고 그들 사이에는 화산파 장문인의 여식인 양소유 또한 자리하고 있었다.

그녀는 놀란 듯 눈을 치켜뜨고 지금 이 상황을 온전히 체감해야만 했다.

화산파에 몸담고 오랜 시간을 지내 온 그녀조차도 이 정도 수준의 무인들끼리 생사를 건 격돌을 하는 건 처음 보는 것이었다.

온몸의 털이 곤두설 정도로 소름이 돋았다.

한 치 앞을 분간하기 어려울 정도로 거친 바람이 시야를 어지럽히는 지금.

승자는 누구일까 하는 의문이 머리에 떠오르는 그 순간

이었다. 전방을 주시하던 자운의 입에서 나지막한 목소리가 흘러나왔다.

"……젠장."

그 욕설을 듣는 순간 양소유는 알 수 있었다.

이 싸움의 승자가 누구인지.

걷혀 나가기 시작하는 흙먼지 속에서는 두 사람이 여전히 똑바로 서서 자리하고 있었다. 하지만 둘의 상태는 완전히 달랐다.

바짝 붙어 있는 두 사람.

나환위의 어깨에는 부러진 도가 박혀 있었다. 그리고 그 도의 날을 잡고 어깨에 박아 넣고 있는 건 단엽이었다.

어떻게든 더 깊게 박히는 걸 막으려는 듯 마찬가지로 부러진 도의 날을 움켜잡고 있었지만, 힘에서 이미 차이가 나는 걸 경험하지 않았던가.

조금씩 도가 깊숙이 몸 안으로 밀고 들어오고 있었다.

"으으윽!"

부러진 도가 점점 깊게 박히며 나환위의 입에서 비명이 터져 나왔다.

나환위의 도를 박살 낸 건 역시나 단엽의 주먹이었다.

충돌한 상황에서 단엽의 힘을 버텨 내지 못한 도가 결국 박살이 나 버렸고, 그걸 허공에서 움켜잡은 그가 곧바로 나환위의 어깨에 박아 넣어 버린 것이다.

나환위가 부상을 입은 건 비단 지금 도가 박힌 어깨뿐만 이 아니었다.

두 다리 중 하나는 이미 피투성이라 힘이 제대로 들어가지 못했고, 머리에도 치명상을 입었는지 얼굴도 피투성이다.

엉망이었던 상의는 아예 보이지 않았고, 드러난 상체는 피투성이에 심지어 깊게 파인 상처까지 있어 조금만 건드 리면 몸 안에 있는 내장들이 쏟아져 나올 것만 같았다.

물론 단엽도 아예 멀쩡할 순 없었다.

최고의 절기끼리 격돌하며 퍼져 나온 그 충격을 고스란 히 받았으니까.

평소보다 새하얗게 질린 얼굴.

끼고 있는 권갑 사이로 뚝뚝 떨어져 내리는 핏방울. 아마 도 보이지 않아서 그렇지 저 권갑 안쪽 주먹 역시 꽤나 다 친 것이 분명했다.

허나 그렇다고 해도 단엽의 부상은 나환위에 비할 것이 아니었다.

그는 지금 생사의 기로에 놓여 있을 정도였으니까.

조금만 더 깊게 부러진 도가 틀어박히면 그 즉시 심장이 찢겨져 나갈 수 있는 상태였다.

"크으으으."

연달아 터져 나오는 나환위의 신음.

그는 한쪽 무릎을 꿇은 채로 간신히 상황을 버텨 내고 있었다. 사실 지금 단엽은 양손이 모두 온전한 반면, 나환위는 오직 한 손만 사용할 수 있었던 상황.

그럼에도 불구하고 어깨로 박아 넣은 도를 쥐고 있는 건 단엽의 한 손뿐이었다.

나환위가 버틸 수 있는 건 그 때문이었다.

만약에 지금이라도 단엽이 두 손을 쓴다면 나환위는 버텨 낼 재간이 없었다.

상황을 보게 된 나환위의 수하들, 비월조가 서둘러 무기를 뽑아 들었다.

"대장!"

허나 그들은 섣불리 움직이지 못했다.

수하들은 당황한 얼굴로 이 상황을 어찌해야 하나 고민에 빠졌다. 서둘러 돕지 않으면 나환위의 숨이 끊어질 것 같았지만 일대일의 대결이었다.

거기에 대장인 나환위가 물러서 있으라고 했던 상황인지라 함부로 끼어들기엔 맘에 걸리는 것이 있었기 때문이다.

멈칫하는 비월조의 모습을 보며 자운이 표정을 구겼다.

'뭣들 하는 거야! 당장이라도 가서 도와야지!'

자신이 직접 움직이기는 애매한 상황인지라 자운으로서

는 비월조가 뭔가를 해 주기 바랐다. 허나 그들은 어쩔 줄 몰라 하며 눈치를 살필 뿐이었다.

그런 그들의 모습에서 자운은 명령이 없다면 쉽사리 움직일 이들이 아니라는 걸 눈치챘다.

'어떻게 하지? 이대로 죽게 둬? 하지만 지금은 분명 천룡성에 타격을 줄 천재일우(千載一遇)의 기회인데…….'

어떻게든 이 상황을 이어 가고 싶었던 자운은 서둘러 생각을 쥐어짰다.

허나 아무리 생각해도 방법이 없었다.

그렇다면…….

'젠장, 결국 내가 나서야겠군.'

가능하면 훗날 문제가 될 수도 있는 일은 만들고 싶지 않았다. 하지만 이왕 일이 이렇게 된 이상…… 새로운 작전을 펼쳐야만 했다.

당장 최우선의 목표는 단엽의 죽음이다.

물론 운이 좋아 나환위가 살면 더 좋겠지만 그 과정에서 죽게 되더라도 어차피 단엽만 제거할 수 있다면 실보다는 득이 더 많다.

어떻게 해서든 단엽을 죽인다.

마음의 결정을 내린 자운이 여태까지와는 다르게 앞으로 성큼 나섰다.

그가 입을 열었다.

"그만하시죠."

차가운 자운의 목소리.

히죽거리며 나환위의 어깨에 박힌 도를 움켜쥐고 있던 단엽이 슬쩍 시선을 옆으로 향하며 자운을 바라봤다. 그러고는 이내 짧게 말했다.

"화산파는 빠져."

"여태까지 빠져 있었습니다. 그렇지만 이제는 안 되겠군요. 승패는 이미 어느 정도 난 것 아닙니까? 여기서 그만하시지요."

그만 멈추라 말을 하고 있었지만 자운은 알고 있었다.

단엽이 결코 손을 거두지 않을 거라는 걸.

그리고 그런 자운의 생각은 적중했다.

단엽이 비웃음과 함께 입을 열었다.

"싫은데? 내 싸움을 왜 네놈이 끝내라 마라 말하고 있어. 이 싸움의 끝은…… 내가 정해."

"분명 말했습니다. 경고는 이번 한 번뿐입니다. 손을 거두시죠."

말과 함께 자운이 자신의 검에 손을 가져다 댔다.

어차피 처음부터 직접 손을 써서 나환위를 구해 낼 생각이었다. 그리고 그를 이용해 비월조도 움직이게 만든다. 그 과정에서 자신이 조금씩 도움을 줘서 지금 부상을 입은 단엽을 쓰러트리려 하고 있었다.

자운이 움직이자 화산파의 무인들 또한 덩달아 무기를 뽑아 들려고 하는 찰나였다.

양소유가 손을 들어 올렸다.

별다른 말은 하지 않았지만, 그 움직임이 뜻하는 바는 확실했다.

아무도 움직이지 말라는 명령이었다.

장문인의 여식인 그녀의 명령에 검에 손을 가져다 댔던 화산파 무인들이 움찔하며 결국 움직임을 멈췄다.

뒤편에서 느껴지는 그런 움직임을 눈으로 확인한 자운은 속으로 이를 갈았다.

'화산파 무인들까지 함께 움직여 줘야 더 명분이 서거늘 눈치 빠르게 선수를 쳤군.'

그 사실이 못내 아쉬웠지만, 지금은 그런 일들에 연연할 때가 아니었다.

단엽을 제거하기 위해선 우선 나환위를 살려 두는 게 먼저였으니까.

적어도 단엽의 숨을 끊는 게 자신이면 안 됐기 때문이다.

막 단엽을 향해 한 걸음 더 다가가려던 찰나.

스윽.

갑자기 옆에서 나타난 누군가가 자신의 앞을 가로막은 탓에 자운의 움직임이 멈췄다.

한천이었다.

자운이 표정을 찡그렸다.

"넌……."

"설마 일대일 대결에 낄 생각이십니까? 그것도 화산파에서 위명 높기로 유명한 자운 대협이 말입니다."

"시끄럽다. 당장 비켜라."

"그럴 순 없죠. 지금 저 싸움에 대협이 끼시는 건 반칙이니까요."

"감히……!"

말과 함께 빠르게 검이 뽑혀져 나왔다.

차앙!

뽑혀져 나온 자운의 검은 한천이 쓰고 있던 죽립의 앞부분을 정확하게 베고 지나갔다. 그리고 그런 자운의 움직임에 한천은 꼼짝도 하지 않고 서 있었다.

위로 솟구쳤다가 떨어져 내리는 잘린 죽립.

툭.

죽립 조각이 떨어진 직후 차가운 시선과 함께 자운이 입을 열었다.

"이번엔 손속에 사정을 두어 죽립으로 끝났지만 계속해

서 이리 내 앞을 막는다면 다음엔…… 네 목이 이리 떨어지
게 될 것이다."

자신이 검을 휘둘렀음에도 불구하고 꼼짝도 하지 못한
상대.

관심도 없다는 듯 한천을 지나쳐 가려고 할 때였다.

한천이 앞으로 손을 쭉 내밀며 입을 열었다.

"워워워. 끼면 반칙이라니까 그러시네."

"……네놈이 정녕 죽고 싶은 게냐?"

"흠, 어쩌지. 죽고 싶지는 않아서 말이죠. 그럼 역시 답
은 하나겠군요."

웃음기 가득한 목소리로 대답하던 한천이 죽립을 아래로
꾸욱 눌러 살짝 드러난 얼굴을 다시금 감췄다.

그가 자세를 잡았다.

허리춤에 있는 검의 손잡이에 손을 가져다 댄 한천이 슬
그머니 손가락을 움직였다.

스르릉.

손가락에 밀려 나가며 검의 일부분이 모습을 드러냈다.
그러고는 검도 뽑지 않은 채로 자운의 앞을 막아섰다.

그런 상대의 모습을 보며 자운이 복잡한 표정을 지어 보
였다.

'좌수검이군.'

자세가 왠지 조금 특이하다 싶더니 왼손을 사용하는 모양이다.

허나 잠시 시선이 갔을 뿐 관심은 곧장 사라졌다.

어차피 자신의 적수가 되지 못할 자다.

뭘 믿고 이리 까부는지 모르겠지만…….

자운은 아무렇지 않게 방금과 똑같이 검을 휘둘렀다.

휘익!

이들을 직접 죽일 생각은 없었기에 협박과는 달리 다시금 죽립을 노리고 날린 공격.

그런데…….

캉!

들려선 안 될 소리와 느껴져선 안 될 감각이 그를 당황하게 했다.

어느덧 뽑혀져 나온 한천의 검이 날아든 자운의 공격을 받아 낸 것이다.

당황한 얼굴을 한 자운을 향해 한천이 웃음기 섞인 목소리로 말했다.

"선수는 양보해 드렸으니…… 예의는 갖췄습니다?"

9장. 시험

— 설마······.

　자운은 허공에서 막혀 있는 자신의 검을 놀란 눈으로 바라봤다. 아무리 전력을 다한 건 아니었다고 해도 이렇게 아무에게나 막힐 정도로 허접한 공격은 아니었다.

　그런데 그런 공격이 너무도 맥없게 막혀 버렸다.

　그것도 고작 칠(七) 급으로 분류되는 하찮은 작자에게.

　'젠장, 또 정보가 틀린 거야?'

　백아린에 이어 한천이라는 이 작자까지.

　물론 얼굴을 확인하지는 못했기에 정말 한천이 맞는지 모르겠지만 천무진 일행이 섬서성 쪽으로 움직인 정황을 알고 있다.

그런 상황에서 지금 눈앞에 있는 이가 천무진이 아니라는 건 알고 있으니 그저 막연하게 한천이라 예상하고 있는 것뿐이다.

그리고 자운은 그러한 자신의 생각이 팔 할 이상 맞을 거란 확신을 가지고 있었다.

우선적으로 칠 급 이상이라는 건 확인한 상황.

그렇다면 과연 이자는 어느 정도 되는 걸까?

어느 정도 허용 범위 안에서의 오차라면 그나마 다행이 겠지만……

이상하게 불안감이 밀려들었다.

'확인해 봐야겠군.'

백아린처럼 삼 급 이상의 실력자인지, 아니면 그 중간 정도 되는 수준일지 알아내야 했다. 물론 이런 이름 없는 자까지 삼 급 이상이라는 말도 안 되는 상황이 올 확률은 없을 거라 애써 생각을 정리했다.

잘해야 오 급.

그 정도만 해도 놀라기엔 충분하다.

상대의 실력을 확실히 파악하기 위해서는 힘을 조절해 가며 손을 섞어 보는 것이 최고다. 직접 공격의 강도를 조절하며 어느 정도까지 막아 내고, 어떻게 반응하는지 체감함으로써 진짜 실력을 알아낼 수 있으니까.

하지만 하나 걸리는 것이 있다면 직접 손을 섞어 보기엔 뭔가 모양새가 좋지 못하다는 거다. 상대는 이름조차 알려지지 않은 인물, 그런 이에게 연달아 막히는 모습을 다른 이에게 보이는 것도 그리 유쾌한 일은 아니었으니까.

허나…….

'지금으로선 다른 방도가 없군.'

결국 다시 검을 고쳐 잡은 자운이 한천을 지그시 응시했다. 묘한 분위기를 뿜어내는 그를 향해 한천이 재빠르게 손사래 쳤다.

"자자, 말씀드렸잖습니까. 거기까지만 하시죠."

한천 또한 굳이 자운과 싸울 생각이 없었기에 그가 이쯤에서 그만하기를 바랐다. 하지만 아쉽게도 자운에게는 전혀 그럴 생각이 없어 보였다.

자운이 말했다.

"그러진 못하겠군. 그쪽이 멈추지 않는다면 나 또한 어쩔 수 없어서."

"으으윽!"

자운이 말을 내뱉는 것과 동시에 뒤편에서 들려오는 나환위의 고통 어린 신음 소리.

점점 깊게 박혀 가는 도 때문인지 나환위의 안색은 더욱 나빠져 있었고, 덩달아 그걸 잡고 있는 손바닥도 피투성이였다.

한천이 가볍게 어깨를 으쓱해 보였다.

"거참, 골치 아프네."

피하고 싶었지만. 저쪽에서 싸움에 개입하려고 한다면 한천 또한 어쩔 수 없었다. 단엽이 멀쩡한 상태라면 모를까 그래도 이미 한 차례 격한 싸움을 벌인 직후다.

그런 그에게 다른 자도 아닌 우내이십일성의 하나인 자운이 공격을 하도록 두고 볼 순 없었다.

자운이 나지막이 말했다.

"어디 내 검을 막은 실력 한번 볼까? 얼마나 대단한지 말이야."

"대단할 게 뭐 있겠습니까. 그냥 검 하나 든 무명소졸인데 말이죠."

"그래서 문제라는 거야. 그 무명소졸이…… 방금 내 검을 막았잖아."

대답에서 느껴지는 건 스스로의 실력에 대한 진한 자부심. 한천은 자신을 노려보는 자운을 가만히 응시했다.

'자운이라…….'

화산파가 자랑하는 검객.

나이는 한천과 비슷했고, 그 실력은 우내이십일성 중에서도 손꼽을 정도로 뛰어나다. 한천은 왼손으로 검을 만지

작거리며 고민했다.

'왼손으로 버티긴 힘든 상대인데 말이야.'

대장군의 자리에 있던 그때라면 모를까 지금의 몸 상태론 상대하기 버거운 자다.

그 순간 자운이 입을 열었다.

"그럼 어디 이것도 한번 받아 보라고."

말과 함께 느껴진 것은 진한 매화향이었다.

화산파 무공의 특징, 그리고 동시에 보법을 밟는 자운의 움직임을 보며 한천은 무공이 드러나기 전부터 이미 상대가 펼치고자 하는 것이 뭔지 눈치챘다.

'이십사수매화검법(二十四手梅花劍法)인가?'

이십사수매화검법은 화산파가 자랑하는 검공이다.

화려하면서도 날카로운, 그리고 동시에 그만큼 위협적이기도 한 무공으로 이름에서 드러나다시피 스물네 개의 초식으로 이루어져 있다.

한천이 무공을 눈치챈 그 순간 자운의 손에 들린 검이 움직였다.

파앗!

날카롭게 파고드는 검공을 보는 순간 한천이 움찔했다.

그 이유는 간단했다.

'……이 공격은 뭐야?'

예상한 것에 비해 초식에 힘이 실려 있지 않다. 그랬기에 한천은 너무도 수월하게 공격을 받아 낼 수 있었다.

캉!

검이 맞닿은 순간 자운의 표정이 꿈틀했다.

'막았다 이거지?'

한천으로서는 자운의 실력에 어울리지 않는 공격이라 여겼지만, 애초부터 그는 한천의 실력을 파악하기 위해 차근 차근 힘 분배를 하고 있었다.

당연히 한천이 예상하는 수준의 공격을 처음부터 펼칠 이유가 없었다.

지금 이 공격은 사실 처음 검을 날렸을 때보다 조금 더 막기 까다로운 공격이었다. 그럼에도 불구하고 너무도 쉽게 공격을 받아 냈으니…….

'오 급 정도는 되는군. 그렇다면 어디 속도를 더 올려 볼까?'

생각을 정리한 자운이 검에 조금 더 힘을 불어넣을 때였다. 같이 검을 맞대고 있던 한천이 묘한 표정을 지어 보였다.

'이상한데.'

처음엔 왜 이리도 힘이 없는 공격을 했나 의아하게 여겼다. 하지만 지금 맞대고 있는 검에 조금씩 늘어나고 있는 기운을 보아하니 이 또한 자신이 아는 자운과는 거리가 멀었다.

지금 이 모습은 뭐랄까?

그래, 마치 자신의 실력을 시험하는 듯한 느낌이었다.

'무슨 의미지, 이건?'

왜 자운이 자신의 실력을 이런 식으로 시험하며 접근해 들어오는지 의아함이 싹트는 그 무렵 그가 다시금 움직이기 위해 몸을 틀었다.

차앙!

재빠르게 한천을 밀친 자운이 재차 검을 움직였다.

이번에도 이십사수매화검법이 펼쳐졌고, 그 위력은 아까보다 조금 더 강해져 있었다.

스윽, 슥.

한천은 가볍게 발을 놀리며 날아드는 검을 피해 냈다. 그 모습을 눈으로 좇던 자운이 순간적으로 속도를 높였다.

'이 정도면!'

어림짐작하고 있던 한천이란 자가 지닌 실력의 한계.

만약 자신의 생각이 맞는다면 지금 이 공격은 정확하게 먹혀들어 갈 것이다.

헌데…….

캉!

귓가에 울리는 검의 충돌음을 들으며 자운은 다시금 당황했다.

최소한 어느 정도의 타격은 줄 수 있을 거라 여긴 공격이었다. 그런데 상대는 전혀 당황하는 기색 없이 자신의 검로를 읽어 냈다.

'이 자식 설마…….'

자운이 죽립을 눌러 쓴 한천의 위아래를 훑어보고 있는 바로 그 순간.

"다들 그만."

들려오는 낯익은 목소리.

검을 맞대고 있던 상황에서 자운이 꿈틀했다. 움찔한 것은 비단 그뿐만이 아니었다. 나환위의 어깨에 부러진 도를 박아 넣고 있던 단엽이 목소리가 들려온 쪽으로 슬쩍 시선을 돌렸다.

산 아래에서 모습을 드러낸 한 쌍의 남녀가 눈에 들어왔다.

"뭐야, 여기 어떻게 온 거야?"

단엽이 두 사람을 발견하고는 다친 얼굴을 한 채로 히죽 웃었다.

방금 들려왔던 목소리의 주인공.

천무진이었다.

　　　　*　　　*　　　*

　며칠 전 여산.

　쏟아져 들어오는 햇살이 깊은 잠에 빠져 있는 천무진의 얼굴을 간질였다. 미묘한 감촉에 그가 서서히 눈을 치켜떴다.

　그의 눈에 보인 장소는 무척이나 낯설었다.

　'여긴······.'

　그리 크지 않은 방, 자신이 왜 이곳에 있나 순간적으로 의아했던 천무진은 곧 어제 있었던 일들을 떠올릴 수 있었다.

　서역의 상단으로 위장하여 검산파로 들어갔고, 보석을 얻은 일들을.

　그리고 막바지에 갑자기 큰 고통과 함께 자신이 쓰러졌던 일까지도. 생각이 거기까지 미쳤을 무렵 천무진의 시선이 아래쪽으로 향했다.

　손에 닿는 미묘한 감촉이 느껴졌기 때문이었다.

　그렇게 시선이 향한 그곳에는 놀랍게도 백아린이 자리하고 있었다.

　이불 위가 아닌 딱딱한 맨바닥에 누운 채로 그녀가 쌔근거리며 잠에 빠져 있었다. 천무진의 손바닥을 꼭 잡은 채로 말이다.

그 모습을 보는 순간 천무진은 당황할 수밖에 없었다.

'······이게 무슨 그림이지?'

어제 있었던 일들은 대충 기억이 난다.

백아린이 자신을 위해 고군분투했던 것들까지 모두. 그런데 이렇게 손을 꼭 잡은 채로 자고 있는 그녀의 모습은 어떤 기억과도 연결이 되지 않았다.

당황한 듯 천무진이 백아린을 내려다보고 있을 때였다. 미묘한 움직임을 느꼈는지 바닥에 누워 있던 백아린이 꿈틀했다.

그러고는 이내 그녀가 천천히 눈을 뜨며 고개를 들어 올렸다.

막 잠에서 깨어난 모습임에도 불구하고 그녀는 무척이나 아름다웠다.

반쯤 뜬 눈으로 천무진이 있는 곳을 확인하던 백아린은 정신을 차린 그를 발견하고는 벌떡 몸을 일으켜 세웠다.

"깼네요?"

천무진이 고개를 끄덕이는 것까지 확인한 백아린이 조금 더 가까이 다가오며 걱정스레 말했다.

"몸은 어때요? 어제 기절하듯 잠들어서 걱정했는데 좀 나아졌어요?"

연달아 질문을 쏟아 내던 백아린은 이내 뭔가 이상하다

는 걸 깨달았다. 천무진의 시선이 향한 곳으로 고개를 돌린 그녀가 그제야 자신이 아직까지도 그의 손을 꼭 잡고 있다는 사실을 확인했다.

소스라치게 놀란 듯 백아린이 급하게 손을 떼고는 어색한 웃음을 지어 보일 때였다.

천무진이 이제야 놓아준 손을 바라보며 물었다.

"내 손은 왜 잡고 자고 있어?"

"……제가요?"

백아린이 기가 막힌다는 듯 되물었다.

잡고 있어 준 건 사실이었지만 그것이 자신의 의지는 아니었으니까. 오히려 잠결에 손을 잡은 건 천무진이었고, 자신은 얼음장처럼 차가웠던 그 손을 뿌리치지 못했을 뿐이다.

백아린이 말했다.

"제가 아니라 당신이 잡았거든요?"

"농담은."

"농담 아니거든요!"

백아린이 억울하다는 표정으로 진실을 호소했다. 하지만 천무진은 전혀 못 믿겠다는 표정으로 그녀를 바라볼 뿐이었다.

그 얼굴을 보고 설명을 포기한 백아린은 조심스레 질문을 던졌다.

"몸은 좀 나아진 것 같은데 갑자기 왜 그런 거예요?"

아직까지도 바닥에 쓰러져 고통스러운 표정으로 자신을 바라보던 천무진의 모습이 눈앞에 아른거린다. 그 정도로 깜짝 놀랐고, 또 걱정도 됐다.

물어 오는 질문에 천무진은 잠시 어제의 일을 떠올렸다. 그러고는 곧 자신의 가슴 부분을 손으로 가볍게 쓸어내리다 고개를 저었다.

"모르겠어. 그냥 갑자기 가슴에 불로 지지는 듯한 통증이 밀려오더군."

이유를 알 수 없는 고통.

뭔가 의심스러운 정황이라도 있다면 그걸 가지고 추측이라도 해 볼 터인데 딱히 뭔가 기억나는 것이 없었다.

비밀 통로 안에 자신이 몰랐던 뭔가가 있었던 걸까? 하지만 그렇게 보기에는 전혀 의심스러운 뭔가를 느끼지 못했었다.

지병이 있는 것도 아니고, 살아생전 느껴 보지 못했던 고통.

그렇다면 뭔가 이유가 있을 것 같긴 한데…….

생각이 거기까지 미치고 가슴 부분을 어루만지던 천무진은 뭔가 하나를 퍼뜩 생각해 냈다.

그건 바로 검산파에서 훔친 그 붉은 보석이었다.

붉은 보석에 대해 떠올린 천무진이 다급히 옆에 자리하고 있던 백아린의 손목을 잡아챘다. 생각지도 못한 천무진의 행동에 그녀가 눈을 동그랗게 뜨며 바라보는 그때였다.

천무진이 다급히 물었다.

"당신은 어때?"

"저는 왜요?"

"당신은 괜찮냐고. 검산파에서 가져온 그 보석 당신이 가지고 있잖아."

"네, 저한테 있죠. 그런데 그게 왜요."

백아린이 이해가 안 간다는 듯 물었다.

괜찮다는 말에 안도의 한숨을 내쉬던 천무진이 고통이 시작되었던 가슴 부분을 손으로 쓸어내리며 말을 받았다.

"그 보석을 넣어 뒀던 곳에서부터 찌르르한 고통이 밀려왔었거든. 그런데 당신이 괜찮다는 걸 보면 내 생각이 틀린 건가?"

"설마 이 보석 때문에 문제가 생긴 거라 생각하는 거예요?"

백아린이 소매 안에 감춰 두었던 붉은 보석을 꺼내어 들며 물었다. 그 보석을 바라보며 천무진이 작게 고개를 끄덕였다.

"그게 아닐까 했는데 아무래도 내 착각인가 보네."

말은 그리했지만, 보석을 바라보는 천무진의 표정에서는 쉬이 의심이 사라지지 않았다.

그리고 그런 그의 얼굴을 백아린 또한 놓치지 않았다.

백아린이 말했다.

"혹시 모르니 이 보석은 제가 가지고 다닐게요. 그리고 의선 어르신을 뵙게 되면 그때 이것에 대해도 한번 조사를 부탁해 보죠."

"번거롭지 않겠어?"

"번거롭긴요. 확실한 게 좋죠."

백아린의 말에 고개를 끄덕인 천무진이 이내 말을 이었다.

"이번에도 치치한테 도움을 받았군."

바닥에 떨어져 있던 그 보석을 들고 구석으로 숨은 치치의 활약 덕분에 이번 일을 무사히 넘길 수 있었다.

자신의 이름이 들리자 옷 속에서 불쑥 기어 나온 치치가 백아린의 어깨에 올라서 주변을 두리번거렸다.

천무진이 백아린의 어깨에 올라선 치치와 시선을 맞춘 채로 말했다.

"신세 졌다."

천무진의 말에 치치는 검은 눈동자를 움직이기만 할 뿐 별다른 행동을 취하지는 않았다.

그렇게 천무진이 치치에게 고마운 마음을 표현하는 찰나 바깥에서 인기척이 느껴졌다. 천무진과 백아린의 시선이 동시에 문 쪽에 틀어박힌 그때였다.

"총관님. 들어가도 될까요?"

밖에 모습을 드러낸 이는 다름 아닌 적화신루 쪽 사람이었다.

백아린이 곧장 답했다.

"들어와."

대답이 끝나자 문이 열리며 젊은 사내 하나가 모습을 드러냈다.

그가 짊어지고 있던 봇짐을 내려놓으며 말했다.

"부탁하신 물건을 가져왔습니다."

"먼 길인데 오느라 고생했어."

"이 정도야 뭐 별거 아니죠."

별거 아니라며 꾸벅 인사하는 사내를 잠시 바라보던 천무진이 백아린을 향해 물었다.

"이건 뭐야?"

"아, 이거요? 별건 아니고 그냥 약재를 좀 준비했어요."

"약재라니? 설마…… 내 거야?"

물어 오는 질문에 백아린이 답했다.

"그럼 지금 여기 다른 환자도 있어요?"

이 마을에 도착하기 무섭게 백아린은 마을 사람들 중 한 명에게 돈을 쥐여 주며 아래에 있는 적화신루 사람에게 자신의 서찰을 전달해 달라 부탁했다.

당시 천무진의 상태가 너무 좋지 않았기에 백아린은 내상에 좋은 각양각색의 약재들을 가지고 오도록 명령했다.

물론 지금은 상태가 많이 나아지긴 했지만 그래도 안심할 순 없었다.

백아린이 가져온 약재를 확인하며 말을 이었다.

"많이 나아지긴 했지만 그래도 하루 종일 골골거렸으니 이거 먹어요. 약재는 내가 달여 줄 테니까요."

그녀의 말에 천무진은 그저 묵묵히 고개를 끄덕였다.

사실 말로 표현하지 않았을 뿐이지 기분이 좀 묘했다. 다른 누군가가 이런 식으로 걱정을 해 주고, 챙겨 주는 것이 실로 오랜만이었기 때문이다.

의문의 목소리에 조종당하며 십수 년이 넘는 삶을 살아온 천무진에게 이런 감정은 무척이나 색달랐다.

하지만 하나 분명한 건…… 기분이 썩 나쁘지 않다는 것이었다.

그때 봇짐을 짊어지고 왔던 적화신루 쪽 인물이 입을 열었다.

"총관님 그리고 이것도."

말과 함께 그가 품속에서 넣어 두었던 서찰 하나를 꺼내어 내밀었다.

백아린이 서찰을 건네받으며 물었다.

"이건 뭐야?"

"부총관님이 보내신 서신입니다."

"부총관이?"

단엽과 함께 화산으로 갔을 한천이 보내온 서찰이라는 말에 백아린이 잠시 고개를 갸웃하더니 이내 그 안의 내용을 살폈다.

빠르게 내용을 확인한 그녀가 서찰에서 눈을 뗐을 때였다.

옆에 앉아 있던 천무진이 물었다.

"혹시 무슨 일 생긴 거야?"

"음…… 아직까진 별건 없는데 말이죠."

"아직까진?"

왠지 모를 의미심장한 그 말에 천무진이 되물을 때였다.

서찰을 내려놓은 백아린이 천무진과 시선을 마주한 채로 천천히 입을 열었다.

"아무래도 곧 사고 하나 칠 것 같은데요."

　　　　*　　　　*　　　　*

　산 아래에서 모습을 드러낸 천무진과 백아린.

　두 사람이 이렇게 절묘한 순간에 나타날 수 있었던 건 사전에 한천이 전달한 서찰 덕분이었다. 그는 자신들의 계획을 모두 전했고, 그 덕분에 다소 늦긴 했지만 천무진과 백아린은 이 자리에 모습을 드러낼 수 있었다.

　천무진의 등장에 자운이 이를 꽉 깨물었다.

　'어디에 있나 했는데 이제야 나타났군.'

　애초에 천무진 일행의 목적지를 이곳 화산이었다고 판단한 자운이다. 그랬기에 언제라도 천무진이나 백아린이 모습을 드러낼 가능성 또한 염두에 두고 있었다.

　그렇지만 단엽이 이렇게 다칠 만큼 싸우는 와중에도 코빼기조차 보이지 않기에 혹시나 이곳에 없는 건 아닐까 하는 생각도 가졌었다.

　허나 마침내 그 두 사람이 나타난 것이다.

　천무진과 백아린이 등장하자 한천이 다행이라는 듯 재빨리 검을 거두고는 뒤로 물러났다.

　그가 백아린을 향해 투덜거렸다.

　"아슬아슬했잖습니까! 대장!"

　"발에 땀나도록 달려오게 해 놓고 무슨."

두서없이 갑작스레 툭 날린 서찰 하나.

그걸 보고 천무진과 백아린이 얼마나 급히 이곳으로 움직였던가.

두 사람이 평소처럼 대화를 주고받는 사이 천무진의 시선이 자운에게로 향했다. 둘은 구면이었고, 그랬기에 자운 또한 검을 거둘 수밖에 없었다.

자운이 먼저 예를 갖췄다.

"천룡성의 무인을 뵙습니다."

그 한마디에 뒤편에 있던 화산파의 무인들과 나환위의 수하들인 비월조 또한 움찔했다. 이야기로만 들어 오던 그 존재를 눈앞에서 마주한 탓이다.

화산파 무인들 사이에 섞여 있던 양소유 또한 놀란 눈으로 지금 모습을 드러낸 두 남녀를 바라봤다.

최근 무림맹에서 천룡성의 인물이 모습을 드러냈다는 것이야 당연히 소문으로 들어 알고 있다. 그런데 그 소문의 당사자가 바로 눈앞에 나타난 것이다.

모두가 놀라 있는 그때 천무진 또한 자신에게 인사를 건네는 자운에게 포권을 취했다.

잠시 자운에게 줬던 천무진의 시선이 이내 단엽과 나환위에게로 향했다.

피투성이에 거의 죽은 것이나 다름없을 정도로 망가져

있는 나환위와, 그런 그를 바라보며 잔인한 미소를 짓고 있는 단엽이었다.

천무진이 말없이 그쪽을 바라보고 있는 걸 보며 자운은 깊은숨을 내쉬었다.

이번 기회에 단엽을 죽게 만들어 천무진의 힘을 약화시키고자 했다. 하지만 당사자인 천무진이 눈앞에 나타난 지금, 그 계획은 전면 수정될 수밖에 없었다.

가장 우선시할 목표가 단엽의 죽음에서, 나환위를 살리는 걸로 바뀌었다.

마음을 정한 자운이 다급히 말했다.

"대홍련의 부련주와 동료시면 멈추게 해 주시죠."

"……아쉽게도 그건 제가 할 수 있는 일이 아니라서."

"그럼 이대로 죽게 두실 생각이십니까?"

답답하다는 듯 자운이 말했다.

옆에 와서 목소리를 높이는 그에게 천무진이 잠시 시선을 줄 때였다. 자운이 그 시선을 받고 말을 이어 나갔다.

"아무리 개인적 원한이 있다 한들 이곳은 화산파입니다. 이곳에서 우리의 손님으로 왔던 이가 죽음을 맞이한다는 게 어떤 의미인지 아십니까? 이 일은 화산파 또한 좌시하기 어렵습니다."

자운은 화산파라는 이름에 힘을 주며 말했다.

제아무리 천룡성이라 할지라도 화산파를 가벼이 여길 수는 없을 거라 판단해서다.

천무진이 아무런 대꾸도 없자 답답한 듯 자운이 재차 입을 열었다.

"개인적인 원한이라기에 어느 정도 화산파도 눈감아 주었습니다만 이젠 도를 넘어섰습니다. 더는 우리 화산파가……."

"백아린."

이야기를 듣고만 있던 천무진이 나지막이 백아린의 이름을 불렀다. 그녀가 왜 그러냐는 듯한 표정을 지어 보이자 천무진이 가볍게 고갯짓을 했다.

별다른 말을 하지 않았음에도 불구하고 백아린은 천무진의 행동이 뜻하는 바를 알아차렸다.

그녀는 곧장 가지고 있던 족자를 쫙 펼쳤다.

그 안에는 정체 모를 내용이 잔뜩 적혀져 있었다.

바닥을 향해 내려트린 족자를 바라보며 자운이 물었다.

"그게…… 뭡니까?"

물어 오는 자운의 질문에 백아린이 답했다.

"저놈이 지금 이 자리에서 죽어도 될 이유들이요."

족자에 적힌 십여 개가 넘는 죄목들과 그와 관련된 사건들. 이 모든 건 바로 나환위가 개입된 일들이었다.

물론 이 족자에 적힌 사건들은 겉보기엔 아름답게 포장되어 전혀 문제 될 것이 없어 보였다.

허나 섬서성으로 들어선 직후 적화신루를 통해 치밀하게 조사를 한 덕분에 나환위의 실체를 어느 정도 파악한 상황이다.

단엽이 말해 준 과거의 사건을 기반으로 비슷한 일들을 조사했고, 덕분에 생각보다 수월하게 정보를 모으는 것이 가능했다.

백아린이 족자에 적힌 글자들을 보며 천천히 읽어 내려갔다.

"살인에 갈취, 거기다 방화…… 이거야 원 아주 다양하게도 해 먹으셨구만."

"나, 나는 그런 적이 없네. 모함이야."

백아린의 말에 고통스러운 와중에서도 나환위가 애써 부정의 말을 내뱉었다.

그런 그를 바라보며 백아린이 코웃음 치며 말했다.

"이봐요, 아니라고 하기엔…… 증거가 너무 많지 않아요?"

백아린은 이내 품 안에 넣어 두었던 꽤나 두툼한 서류 뭉치를 꺼내어 흔들었다.

너무도 확고한 백아린의 말투에 자운은 순간 말문이 막혔다.

사실 나환위가 그리 좋지 못한 자라는 건 자운 또한 알고 있었다. 허나 그에게 있어 그런 건 전혀 상관이 없었고, 오히려 그랬기에 더 그를 선택하기도 했다.

하지만 그것이 외부에 드러났다면 이야기는 달라진다.

자운이 입을 열었다.

"그것이 사실입니까?"

"네, 이미 무림맹주님께도 이와 관련된 사항이 전달됐을 거예요. 무림맹 쪽에서도 추가적으로 조사를 하겠죠."

백아린의 쐐기를 박는 그 말에 자운은 마음의 결정을 내렸다.

이제 나환위라는 패는 버려야 할 것이 되어 버렸다.

욕심이 난다고 해도 손에 쥐고 있어선 안 될 패.

침묵하는 자운을 향해 백아린이 말했다.

"어때요? 이제는 개인적인 원한이라고만 치부하기 좀 어려울 것 같은데요."

"……."

지금 같은 상황에 어떤 말을 할 수 있으랴.

아까까지만 해도 개인적인 원한이라 이야기할 수 있었지만, 이 같은 죄목과 증거들을 가지고 나타난 순간부터는 모든 것이 변한다.

가장 큰 건 바로 명분이 생긴다는 거다.

개인적인 원한으로 죽인 것이 아닌, 무림의 악인을 처단한 게 되어 버린다는 소리다.

그 말은 곧 이 사건에 대한 여러 의견은 나오겠지만 최소한 단엽에게 나환위의 죽음에 대한 책임을 묻기는 어려워졌다는 의미다.

그때였다.

파라라라락!

들려오는 요란한 바람 소리.

천무진은 알고 있었다. 이건 그저 단순한 바람 소리가 아니다. 옷자락이 휘날리고, 그것들이 부대끼며 나는 인기척이었다.

이미 단엽과 나환위의 싸움으로 주변은 초토화된 상태였지만, 그나마 멀쩡한 나무들이 있었다. 그리고 그 위쪽으로 하나둘씩 무인들이 모습을 드러냈다.

그들이 누구인지 아는 건 그리 어렵지 않았다.

'화산파군.'

옷에 새겨져 있는 매화 장식만으로도 충분히 파악할 수 있는 상대들. 그때 뒤편에서 한 명의 노인이 모습을 드러냈다.

화산파의 장문인 양우조였다.

양우조의 등장에 양소유가 급히 소리쳤다.

"아버지!"

자신을 향해 반가운 목소리로 소리치는 양소유를 확인하며 양우조는 부드러운 미소를 지어 보였다.

사실 싸움이 시작되기도 전 양소유가 이곳의 상황을 알리기 위해 수하들 중 하나를 화산파로 돌려보냈었고, 그로 인해 지금 이곳에 양우조가 나타날 수 있었다.

물론 양소유가 굳이 사람을 보내지 않았다고 해도 화산이 울릴 정도로 격렬했던 싸움.

아무리 화산파와 멀리 떨어진 곳이라고 해도 알아차리는 건 시간문제였을 게다.

모습을 드러낸 양우조가 주변을 스윽 둘러봤다.

얼추 흘러가는 상황이 눈에 들어왔다. 피투성이가 된 두 명의 사내들.

나환위가 다급히 소리쳤다.

"자, 장문인! 날 좀 도와주시오!"

"……."

나환위로서는 절체절명의 순간 나타난 양우조라는 존재는 마지막 남은 동아줄이었다. 하지만 도움을 청하는 그의 목소리에 양우조의 표정은 냉랭했다.

이미 이곳으로 다가오던 과정에서 백아린이 했던 이야기를 들었기 때문이다.

뛰어난 무인인 양우조가 모든 신경을 집중시킨 채로 거리를 좁히던 중이었다.

백아린의 목소리를 놓쳤을 리가 없다.

그녀의 손에 들린 족자를 바라보던 양우조가 이내 입을 열었다.

"죄를 지었다면…… 벌을 받는 것이 도리요."

"모, 모함이오! 난 절대 저런 짓을 한 적이 없소이다!"

나환위가 얼마 남지 않은 힘을 쥐어짜며 소리치는 그 순간 단엽이 입꼬리를 비틀며 말했다.

"끝까지 오리발이네."

말과 함께 단엽이 손에 조금 더 힘을 주었고, 상처는 더욱 벌어졌다.

"으어어억!"

당장이라도 숨이 끊어질 것처럼 헐떡이며 나환위가 비명을 질러 대고 있는 그때 양우조의 귓가로 양소유의 전음이 날아들었다.

『아버지, 지금 팔짱을 끼고 바라보고만 있는 저 사람이 천룡성의 인물이래요.』

『천룡성?』

천무진과 자운이 인사를 나눌 때는 거리가 너무도 멀어 두 사람의 대화를 듣지 못했다. 그랬기에 저 사내의 정체를 몰랐거늘…….

정체를 알게 된 양우조는 곧장 천무진을 향해 다가갔다.

"천룡성의 무인을 뵙습니다."

"화산파 장문인이시군요."

"무림맹에 나타나셨다는 말은 들었습니다. 상당히 젊은 분이라 듣긴 했는데…… 제 생각 이상이군요."

작금의 무림에서 가장 큰 화젯거리인 천무진이라는 존재를 양우조가 모를 리 없었다.

천무진이 다가온 그에게 말했다.

"화산에서 이 같은 소란을 일으켜 죄송합니다. 가능하면 조용히 처리하고 싶었는데 상대가 상대이니만큼 그리 간단치 않더군요."

"오면서 들었는데 무림맹주님께도 연락이 갔을 거라 하시더군요. 그럼 이 일은 무림맹주님께서 부탁하신 일입니까?"

"아닙니다. 우리가 먼저 움직였고, 정보를 얻게 돼서 곧바로 보내 놓은 것입니다."

"그러시군요. 그렇다면…… 지금 이 자리에서 혈우일패도를 죽이실 생각인 겁니까?"

물어 오는 양우조의 질문에 천무진은 슬쩍 단엽을 바라봤다.

그것에 대한 대답은 자신의 몫이 아니었기에.

천무진이 단엽의 이름을 불렀다.

"단엽."

"왜 주인?"

천무진을 향해 슬쩍 고개를 돌리며 그가 물었다.

그러자 천무진이 단엽의 앞에 무릎 꿇은 채로 헐떡이고 있는 나환위를 가리키며 입을 열었다.

"어떻게 할 거야?"

"뭘?"

"선택지는 두 개야. 네 앞에 있는 그놈을 죽일 거야, 아니면 살려서 모든 것을 잃고 망가지는 걸 볼 거야? 선택은 네 자유고, 어떤 판단을 내리든 존중하지."

천무진은 단엽이 어떻게 정하든 그 결정을 함께해 줄 생각이었다.

물어 오는 천무진의 질문.

단엽은 잠시 눈앞에 있는 상대를 바라봤다.

자신을 올려다보는 얼굴을 보고 있노라니 예전의 기억이 다시금 떠올랐다.

죽은 누이, 그리고 자신을 향해 웃으며 실수였다 말하던 나환위의 모습까지도.

상상 속에서 수도 없이 죽여 왔던 상대다.

그리고 결코 죽는 그 순간까지 용서하지 않을 자이기도 했다.

저 더러운 낯짝을 보고 있노라면 살의가 치밀었지만…….

단엽이 갑자기 어깨로 밀어 넣던 도에서 손을 뗐다. 그러고는 곧장 발로 나환위의 복부를 걷어찼다.

"컥!"

단말마의 비명과 함께 나환위가 뒤로 넘어가며 그대로 혼절했다.

쓰러진 그를 뒤로한 채로 단엽은 미련 없이 몸을 돌렸다.

아무런 말도 하지 않았지만 천무진은 알 수 있었다.

그가 어떠한 결정을 내렸는지를.

단엽은 후자를 택한 것이다.

죽이지 않고 영원한 지옥 속에서 살도록 말이다.

나환위의 목숨을 거두는 건 그리 어렵지 않았다. 몸 안에 박아 넣은 도를 한 치만 더 깊게 밀어 넣었다면 심장을 관통했을 테니까.

처음엔 죽일 생각밖에 없었다.

하지만 백아린이 가져온 저 많은 양의 서류를 보고 단엽은 생각을 바꿨다.

왜 그녀가 저런 뒷조사를 했는지 알고 있기 때문이다.

자신을 위해서다.

아마 저런 증거들 없이 나환위를 죽였다면 그와 관련된 많은 이들이 자신을 적으로 여겼을 것이다.

옳은 일이었지만 나환위의 악행들을 모르는 이들은 단엽을 단순한 살인마라 여겼을 테고, 그로 인해 또 새로운 원한들이 생겨났을 게다.

물론 그런 원한들을 피할 생각은 없었다.

누가 됐든 덤빈다면 싸워 주면 그만이니까.

그런 것이 두려웠다면 애초에 이런 일을 벌일 생각조차 하지 않았을 게다.

하지만 그런 자신을 위해 움직여 준 백아린.

그리고 천무진과 한천까지.

그 덕분에 단엽은 나환위를 죽여도 전혀 문제 되지 않을 명분을 얻을 수 있었다.

힘겹게 모아 온 정보들.

그걸 단순한 명분용으로 사용하고 싶지 않았다.

천무진이 픽 웃으며 말했다.

"그렇게 답을 내린 건가? 혹시나 해서 물어보긴 했지만, 이 선택을 할 거라고는 생각 못 했는데 말이야."

단엽이 어깨를 으쓱하며 답했다.

"……뭐 이것도 나쁘진 않은 것 같아서."

10장. 화산파
— 생각났을 뿐이야

　자하동(紫霞洞).

　화산파 인근에 자리하고 있는 동굴로 수행을 위해 기거
하는 곳이기도 했다. 그리고 현재 자하동의 문은 거의 십
년째 열리지 않고 있는 상태였다.

　그렇게 굳건히 닫힌 자하동의 현재 주인은 다름 아닌 여
인이었다.

　자하동은 초입 부분을 제외하고는 전혀 빛이 들어오지
않았기에 깊숙한 부분은 한 치 앞을 분간하기 어려울 정도
로 깜깜했다.

　그 깊은 어둠 속에 자리한 커다란 바위.

그리고 그 위에 가부좌를 튼 채로 명상에 빠져 있는 여인은 오십 대 정도의 미부(美婦)로 보였다.

허나 오십 대 정도로 보이는 얼굴과는 대조적인 새하얀 백발, 놀랍게도 이 여인의 진짜 나이는 칠십을 훌쩍 넘은 상태였다.

화산옥녀(華山玉女) 조수아(曹秀雅)였다.

현 화산파 장문인의 사매로 문파 내에서도 배분이 꽤나 높은 그녀는 오랜 시간 이곳 자하동에서 지내고 있었다.

최근에 있었던 장문인의 팔순 잔치에도 얼굴을 비치지 않았을 만큼 오랫동안 칩거 중인 그녀의 거처 앞에 익숙한 그림자 하나가 모습을 드러냈다.

그녀의 식사를 책임지고, 중요한 일이 있을 때 그것을 전해 주는 임무를 맡은 인물이었다.

사십 대 정도 되어 보이는 여인의 표정은 무척이나 다급해 보였다.

황급히 자하동의 입구 인근에 도달한 그녀가 부복하며 입을 열었다.

"화산옥녀를 뵈어요."

동굴 안쪽으로 내뱉은 그녀의 목소리가 메아리로 들려올 그 무렵.

여전히 흐트러지지 않은 자세를 취하고 있던 조수아가

눈을 감은 채로 슬며시 입을 열었다.

"무슨 일이지. 식사 시간은 이미 지난 것 같은데."

이미 저녁 식사를 끝마친 시간.

자신의 수하가 정해진 시간 외에 이렇게 나타나는 건 무척이나 드문 일이었다.

물어 오는 조수아의 질문에 여인이 입을 열었다.

"화산파에 천룡성의 무인이 나타났어요."

"……!"

그 말이 떨어지고 눈을 두어 번 깜빡이는 찰나.

고개를 숙이고 있던 여인은 인기척에 고개를 들었다가 깜짝 놀랄 수밖에 없었다.

그곳엔 십여 년 동안 모습을 보이지 않던 조수아가 자리하고 있었기 때문이다.

하얀 백발을 길게 늘어트린 그녀가 딱딱하게 굳은 표정으로 입을 열었다.

"자세히 이야기해 봐."

*　　*　　*

시끄러웠던 싸움은 단엽이 상대를 압도하며 그렇게 마무리됐다. 제아무리 우내이십일성 중 말석에 위치한 인물이라고는 하나 중원을 들썩이게 하는 고수인 나환위의 패배는 충격적인 사건이었다.

그것도 이처럼 일방적인 패배라니…….

비록 단엽 또한 부상을 입긴 했지만 나환위에 비하면 조족지혈 수준이었다.

다친 몸에 붕대를 감고 있던 단엽이 비명을 질렀다.

"아! 아프다고! 살살 좀 해!"

"거참, 엄살은."

짝!

단엽의 팔에 붕대를 감아 주던 한천이 손바닥으로 그의 등짝을 강하게 후려쳤다. 앉은 상태에서 날아오를 정도로 펄쩍 뛰어올랐던 단엽이 죽는소리를 해 대기 시작했다.

"미쳤어? 환자한테 이게 무슨 짓이야?"

"환자는 무슨. 이렇게 팔팔한 환자도 있냐?"

몸 곳곳에는 상처가 가득했지만 단엽은 여전히 기운이 넘쳤다. 뛰어난 고수인 나환위의 싸움에서 끓어올랐던 가슴이 아직까지 가라앉지 않아서다.

거기다 십수 년 동안 마음속에 쌓아 두었던 복수까지 끝마쳤다.

어찌 기분이 좋지 않으랴.

아프다면서도 싱글벙글하는 단엽을 보며 한천이 피식 웃

고는 작게 중얼거렸다.

"맞아도 좋다고 웃네. 변탠가."

"뭐? 변태? 너 지금 대홍련을 적으로 돌릴 수준의 발언을 한 거 아냐?"

짐짓 무서운 표정을 지으며 말하는 단엽의 모습에 한천이 괜히 겁먹은 듯이 손사래 치며 말을 받아 줬다.

"어이쿠, 그건 사양할게."

둘이 장난스러운 대화를 나누는 사이 백아린과 함께 천무진이 모습을 드러냈다.

두 사람은 단엽이 치료를 하는 동안 이번 일의 뒤처리를 하고 있었다. 가장 중요한 건 역시나 나환위를 어떻게 하느냐였다.

그의 죄를 밝혀냈고, 그에 따른 책임 또한 물을 생각이었지만 그걸 화산파가 할 수는 없는 노릇이었다.

그랬기에 이곳 화산파와 가장 인접한 곳에 위치한 무림맹의 섬서 분타로 보내는 걸로 우선 상황을 일단락시켰다.

물론 그 전에 어느 정도의 치료로 생명을 유지시켜 두는 것 또한 잊지 않았다.

그렇게 모든 일을 끝내고 단엽이 치료를 받는 이곳으로 돌아온 천무진과 백아린.

이곳은 바로 화산파 내부에 있는 의방이었다.

들어선 두 사람을 향해 단엽이 손을 번쩍 들어 올리며 입을 열었다.

"여, 주인하고 백아린. 고생들 했어."

"좀 살살 패지 그랬어. 입을 못 열 정도로 패 놓는 바람에 더 번거로웠다고."

툴툴거리는 백아린의 말에 단엽이 히죽 웃으며 답했다.

"알잖아. 내 주먹엔 적당이라는 게 없다는 걸."

"좋겠다. 무식해서."

"무식한 걸로 네가 남 말할 처지냐?"

단엽이 백아린의 등 뒤에 달린 무식할 정도로 큰 대검을 바라보며 말했다. 그러자 그녀는 괜스레 헛기침을 하며 딴청을 부렸다.

"흠흠."

그때 천무진이 다가오며 물었다.

"몸은 어때?"

"보시다시피. 아주 멀쩡해."

들어 올린 자신의 팔을 툭툭 치며 자신 있게 말하는 단엽을 보며 옆에 앉아 있던 한천이 중얼거렸다.

"방금 전까지는 환자라고 떠들어 대더니만."

그런 한천의 말을 못 들은 척하며 단엽이 물었다.

"나환위는 어쩌기로 했어?"

"우선 무림맹의 분타에 보내기로 했어. 맹주에게도 말은 해 뒀으니, 아마 그곳에서 조사를 하고 그 후에 처분 결정도 내려지겠지."

"설마 풀어 주거나 그러는 건 아니겠지? 내가 큰맘 먹고 살려 준 건데 그러면 곤란한데."

"그럴 일은 없을 거야. 워낙 증거들이 확실해서."

말과 함께 천무진이 옆에 있는 백아린을 향해 시선을 돌렸다.

적화신루에서 긁어모은 정보들.

그리고 아직까지도 추가적으로 그 일들을 확실히 뒷받침할 수 있는 증거들을 더더욱 찾아 보강하고 있다고 한다.

이미 꼬리가 잡힌 이상 나환위는 결코 편안한 말년을 보낼 수 없을 것이다.

천무진의 확실한 대답에 단엽은 고개를 끄덕이다 이내 백아린을 향해 시선을 돌렸다.

갑자기 그가 자신을 바라보자 백아린이 왜 그러냐는 듯한 표정을 지어 보일 때였다.

단엽이 입을 열었다.

"네가 나한테 이 정도로 신경 써 줄 줄은 몰랐는데 말이야…… 고마워."

단엽의 말에 백아린이 놀란 듯 잠시 눈을 동그랗게 떴다가 이내 말을 받았다.

"별것도 아닌데 감사 인사는 무슨. 그냥…… 네가 손해 보는 게 싫었을 뿐이야."

소중한 사람을 잃은 것만으로도 이미 아픈 기억일 터인데, 그로 인해 행한 일로 다시금 단엽에게 뭔가 피해가 가는 걸 원하지 않았다.

그랬기에 단엽의 부탁이 없었음에도 불구하고 스스로 움직여서 얻어 낸 결과물.

그것이 단엽에게 도움이 되었다면 백아린은 그걸로 족했다.

백아린이 입을 열었다.

"그나저나 나환위를 이겼으니 이제 우내이십일성에 네가 들어가게 되는 거 아냐?"

"아, 그런가?"

누군가에게는 평생의 영광일 수도 있는 칭호.

허나 단엽은 그것이 별반 대수롭지 않았다.

우내이십일성이라는 칭호에 크게 매력을 느끼지 못했기 때문이다.

그런 그를 향해 한천이 말했다.

"별로 안 좋은가 보네."

"그게 뭐 대수라고. 사실 허울뿐인 이름 아냐?"

말을 끝낸 단엽이 의방에 모여 있는 다른 세 사람의 얼굴을 확인했다.

그러고는 이내 그가 천천히 말을 이었다.

"그 우내이십일성 중 이곳에 있는 사람들은 아무도 없잖아?"

자신을 이긴 천무진.

그리고 언제라도 싸워 보고 싶은 두 사람인 백아린과 한천.

단엽은 잘 알고 있었다.

다른 이들이 들으면 무슨 말도 안 되는 소리냐고 치부할지도 모르지만, 자신이 아닌 이 셋 중 누구였다고 해도 오늘 나환위를 상대했을 때 그 결과는 같았을 거라는 걸.

그런 확신을 주는 이 셋이 포함되지 않은 우내이십일성이라니 실로 우습지 않은가.

단엽이 진짜로 겨뤄 보고 싶고, 심장을 뛰게 만드는 이들 대부분은 우습게도 이곳에 있었다.

단엽이 하고자 하는 말이 무슨 의미인지 알았지만, 한천은 그저 가볍게 어깨를 으쓱해 보일 뿐이었다.

정체를 숨기고 살아가는 백아린과 한천, 두 사람 모두 실력을 보인 경력이 있으니 저 말에 아니라고 하진 않았지만 그렇다고 해서 대놓고 인정하지도 않았다.

허나 그런 두 사람의 대답 따윈 애초에 필요치 않았다.

천무진이나 단엽 모두 직접 봐서 알고 있으니까.

그건 그 어떠한 대답보다 확실했다.

그때 의방으로 향하는 인기척이 느껴졌고, 그 안에 있던 이들의 시선이 모두 문 쪽으로 향할 무렵이었다. 이내 바깥에서 목소리가 들려왔다.

"안으로 들어가도 되겠습니까?"

그리 크지 않았지만, 그 목소리에서는 쉽사리 범접하기 어려운 분위기가 풍겨져 나왔다.

화산파의 장문인, 양우조 바로 그였다.

밖에서 들려오는 목소리의 주인이 누구인지 단번에 알아차린 천무진이 답했다.

"들어오시죠."

말이 끝나기 무섭게 문이 열리며 바깥에서 양우조가 모습을 드러냈다.

그는 방 안쪽의 모습을 잠시 살피는 듯싶더니 이내 단엽에게 먼저 말을 건넸다.

"허허, 몸은 좀 어떠신가?"

"뭐 그럭저럭 괜찮소."

단엽은 옆에 놓여 있던 상의를 걸쳐 입으며 짧게 답했다. 어쩌다 보니 화산파에서 치료를 받고 있긴 하지만 사실 지금의 이 만남은 쉽사리 있기 어려운 장면이었다.

대홍련의 부련주인 단엽이 정파를 대표하는 문파 중 하나인 화산파의 의방에서 치료를 받는 일은 아마 무림 역사상 전무후무(前無後無)한 일일 것이다.

이 모든 게 가능한 건 역시나 천룡성의 존재 때문이었다.

대홍련의 부련주이기도 했지만 천룡성의 무인인 천무진의 동료였던 것이 컸다. 거기다가 이번에 상대한 나환위가 무림인으로서 해선 안 될 악행을 저지른 인물이기도 해서였다.

아무렇지 않게 옷을 걸쳐 입는 단엽을 바라보는 양우조의 눈매가 슬며시 가늘어졌다.

사파를 대표하는 젊은 무인이자, 뛰어난 재능을 지녔다는 것은 알고 있었다. 하지만 지금 이 실력은 자신의 예상을 뛰어넘고도 남았다.

이 정도 나이에 이런 실력이라니.

그랬기에 두려웠다.

'나환위를 상대하고 고작 저 정도의 부상이라…… 앞으로 정도 무림의 미래가 걱정이로군.'

과연 정도 무림에서 이런 젊은 재목이 나타날지 걱정이 될 수밖에 없었다.

허나 이내 양우조는 그런 불안감을 애써 거두며 천무진에게 이야기를 돌렸다.

"뭐 부족한 건 없으신지요?"

"신경 써 주신 덕분에 일 처리도 끝냈고, 보시다시피 치료도 마무리된 것 같습니다."

무림에서 위치도 높고 나이도 많은 양우조였지만 천룡성의 인물인 천무진에게는 깍듯이 예의를 갖추고 있었다.

천무진의 대답에 양우조가 고개를 끄덕이며 말을 받았다.

"그럼 다행이군요. 아, 숙소도 따로 마련해 두었으니 며칠 머무시다가 가시지요."

"그래도 되겠습니까?"

"물론이지요. 화산파에는 빈방이 많습니다."

양우조가 웃으며 말했다.

아무리 치명상은 아니라고 해도 단엽은 조금 더 치료를 받으며 쉬어야 하는 입장이었기에 천무진은 양우조의 제안이 나쁘지 않았다.

천무진이 포권을 취하며 답했다.

"그럼 며칠만 신세 지겠습니다."

"얼마든지요."

마찬가지로 양우조가 포권을 말아 쥐며 화답하는 바로 그때였다.

휘익!

거의 날아오다시피 이곳으로 달려오는 누군가의 움직임에 천무진이 움찔했다.

그리고 그 순간 열려 있던 문으로 새하얀 백발의 중년 여인이 모습을 드러냈다.

무척이나 상기된 표정의 중년 여인.

자하동에서 기거하고 있던 화산옥녀 조수아였다.

그녀가 수행을 깨고 이곳에 나타난 것이다.

생각지도 못한 그녀의 등장에 양우조가 당황한 듯 입을 열었다.

"……사매?"

조수아를 보고 놀라는 양우조.

하지만 그녀의 등장에 충격을 받은 건 비단 양우조뿐만이 아니었다.

아무렇지 않게 조수아를 마주하던 천무진이 갑자기 미간을 찌푸렸다. 그리고 순간 그의 머리에 깨어질 것 같은 고통이 밀려들었다.

천무진이 비틀거리며 옆에 있는 벽면을 손으로 짚었다.

"큭!"

천무진은 벽을 짚은 반대편 손으로 이마를 감싸 안았다. 갑자기 주변이 빙글빙글 돌았고, 머리엔 참을 수 없는 고통이 밀려들었다.

식은땀이 흐르며 순간적으로 찾아온 고통에 구역질까지 치밀었다.

그런 천무진의 변화에 가장 먼저 반응한 건 백아린이었다. 그녀가 황급히 다가오며 비틀거리는 천무진을 껴안듯 잡아 냈다.

놀란 백아린은 쓰러지지 않도록 껴안은 천무진을 바라보며 입을 열었다.

"왜 그래요? 설마 또 아파요?"

"……."

천무진이 천천히 고개를 들어 올렸다.

며칠 전 검산파에서 느꼈던 그런 고통이 아니었다.

천무진의 눈에 방 안을 이리저리 살피고 있는 중년 여인, 조수아의 얼굴이 들어왔다.

천무진이 작게 고개를 저으며 답했다.

"아냐…… 그냥 잊고 있던 기억이 하나 생각난 것뿐이야. 괜찮아."

죽었다가 과거로 돌아와 같은 삶을 살아가고 있지만 천무진의 기억은 완벽하지 못했다. 듬성듬성 일부만 기억할 뿐이고, 나머지는 새카만 어둠에 휩싸인 것처럼 막막하기만 했다.

그처럼 완벽하지 못했던 기억들 중 하나.

바로 사부의 죽음이었다.

사부가 죽었고, 그 때문에 무척이나 슬퍼했던 건 기억하고 있다. 하지만 정작 중요한 부분은 기억하지 못했었다.

그건 바로 '사부가 왜 죽었는가' 였다.

그런데 떠올라 버렸다.

사부의 마지막이 어떠했는지를.

'……화산옥녀 조수아.'

지금 눈앞에 있는 저 여인.

사부는…… 저 여인 때문에 죽는다.

*　　　*　　　*

방 내부를 두리번거리던 조수아가 입을 연 건 천무진이 가까스로 몸을 추스른 직후였다.

"장문인, 천룡성 무인이 왔다고 들었는데 어디에 간 거죠?"

물어 오는 그녀의 목소리는 떨려 왔다.

생각지도 못한 그녀의 등장에 잠시 당황했던 양우조가 이내 정신을 차렸다.

"눈앞에 있지 않은가."

"눈앞요?"

의아하다는 듯 말하는 그 순간 천무진이 앞으로 나서며 입을 열었다.

"천무진입니다."

"아······."

대답을 하는 천무진을 바라보는 조수아의 얼굴에 맺힌 실망 가득한 표정. 그걸 보는 순간 천무진은 알 수 있었다.

'사부를 생각하고 있었나 보군.'

조수아가 이토록 다급히 왔던 이유, 그건 바로 천무진의 사부인 천운백이 이곳에 온 것이라 여겨서였다. 천룡성의 무인이 나타났다는 말에 당연히 그를 떠올렸던 그녀다.

실망 가득한 표정을 짓고 있는 그녀의 속내도 모르고 양우조가 물었다.

"대체 사매가 여긴 어쩐 일인가? 그리 연락을 해도 코빼기도 안 비추더니 갑자기 무슨 심경의 변화로 이리 나온 게야."

"······이번에 팔순이라고 하셨죠? 축하드려요, 장문인."

자신이 이곳에 나타난 이유를 밝히기 어려운 사정이 있었기에 조수아는 은근슬쩍 말을 돌렸다.

바보가 아니고서야 대답을 회피한다는 건 단번에 알 수 있었지만, 양우조 또한 그것에 대해 더는 캐묻지 않았다.

이렇게 말을 돌린다는 것 자체가 대답할 의사가 없다는 뜻이었으니까.

캐물을 만한 사안이 아니라 여겼기에 결국 양우조는 모르는 척 넘어가 줬다.

"허허, 팔순이라. 사매도 나도 참으로 많이 늙었군그래."

"아직 정정하신걸요."

"그래 보인다면 다행이지. 아 참, 그런데 갑자기 비틀거리시던데 혹시 어디 불편하신 곳이라도 있으십니까?"

양우조가 천무진에게 질문을 던졌다.

갑자기 이마를 움켜쥐고 비틀거리던 천무진이 쓰러질 뻔했고, 그런 그를 옆에 있던 백아린이 거의 안듯이 부축했다.

그 모든 일련의 과정들을 보았기에 혹시 어디 안 좋은 곳은 없는지 물은 것이다.

더불어 천룡성의 무인인 천무진을 아무렇지 않게 부축하는 백아린이라는 여인에 대해서도 다시 한 번 살폈다.

둘 사이에 꽤나 깊은 친밀감이 있는 것이 느껴졌다.

물어 오는 양우조의 질문에 천무진이 고개를 가볍게 저으며 답했다.

"별거 아닙니다. 좀 지쳤나 봅니다."

"아, 그렇군요. 먼 길 오신 손님을 제가 너무 오래 붙잡고 있었나 봅니다. 치료가 끝나셨다면 우선 제가 마련해 둔 거처로 가서 쉬시지요."

"감사합니다."

대화가 끝나자 양우조는 곧바로 가볍게 손가락을 퉁겼다.

그러자 의방 바깥에서 대기하고 있던 무인 하나가 재빠르게 모습을 드러냈다. 화산파 무인인 그를 향해 양우조가 명령을 내렸다.

"손님들을 모시거라."

"명 받듭니다."

부복한 채로 짧게 대답한 그는 곧장 자리에서 일어나 천무진 일행을 향해 입을 열었다.

"절 따라오시죠."

"그럼 이만."

천무진이 대표로 양우조에게 인사를 건네고는 이내 걸음을 옮겼다. 먼저 움직이는 그를 따르기 위해 나머지 세 사람이 뒤를 쫓을 때였다.

스윽.

스쳐 지나가는 천무진이 그 자리에 가만히 서 있는 조수아를 힐끔 살폈다. 그리고 마찬가지로 조수아 또한 그런 천무진과 가볍게 시선을 맞췄다.

그렇게 잠시 시선을 맞췄던 두 사람은 곧장 멀어졌고 조수아는 가만히 선 채로 비어 버린 공간을 바라보고 있었다.

그런 그녀를 향해 옆에 있던 양우조가 입을 열었다.

"사매."

"아. 네, 장문인."

"오랜만에 봤는데 차라도 한잔 어떤가?"

친근하게 물어 오는 양우조를 바라보며 조수아가 애써 생각을 지우며 씩 웃었다.

"좋죠."

천무진 일행이 안내를 받은 곳은 화산파 내에 있는 커다란 장원이었다. 방의 개수도 꽤나 많아 각자 배정받을 수 있었고, 그 모두가 독채였다.

화산파가 큰 문파이긴 했지만 아무리 그렇다고 한들 이 정도 크기의 거처가 많은 건 아니었다.

그만큼 천무진을 특별하게 대우를 해 주고 있는 셈이었다.

거처로 안내받은 천무진은 이내 다른 이들에게 말했다.

"다들 고생 많았을 텐데 오늘은 푹들 쉬어. 시간도 늦었으니 내일 아침에 보자고."

"아고, 몸이 늘어지는 게 독한 술 한잔하면 푹 잘 수 있을 텐데 말입니다."

한천이 길게 기지개를 피며 말을 받았다.

그러자 옆에 있던 단엽이 눈을 빛내며 입을 열었다.

"한잔할까?"

"뭔 소리야 환자가. 너 때문에 못 마시는 거거든?"

"쳇."

곧장 돌아오는 한천의 핀잔에 단엽이 혀를 찰 때였다. 백아린이 말했다.

"술들은 꿈도 꾸지 말고 각자 방에들 가서 쉬어. 그리고…… 잠시 이야기 좀 하고 싶은데 시간 괜찮죠?"

"물론이지."

"그래요. 그럼 당신 방으로 가죠."

말을 끝낸 백아린은 곧장 천무진과 함께 배정된 거처로 향했다. 천무진에게 주어진 독채는 주변에 커다란 나무들이 몇 그루가 자리하고 있어, 무척이나 경관이 좋았다.

그렇게 거처 안으로 들어서자 백아린은 곧장 입을 열었다.

"몸 괜찮아요?"

"역시 그거 때문이었군. 괜찮으니까 너무 걱정하지 않아도 돼."

"혹시 검산파에서 있었던 그 일의 여파는 아니죠?"

아까 아니라는 대답을 듣긴 했지만, 그곳에는 보는 눈이 많았다. 일부러 그런 거짓말을 했을 가능성도 배제할 순 없었다.

그녀의 물음에 천무진이 고개를 끄덕였다.

"말했던 대로 그냥 기억나지 않았던 과거가 하나 떠올랐을 뿐이야. 갑자기 그게 떠오르면서 머리가 깨질 듯이 아파오더군."

"기억나지 않았던 과거라면 뭘 말하시는 거죠?"

"사부가 어떻게 죽었는지…… 기억이 났거든."

천무진이 어떠한 삶을 살아왔는지 전해 들은 백아린이었기에 그녀는 대충 어떠한 상황인지 알아차릴 수 있었다.

검산파에서 보석을 훔친 이후 찾아왔던 정체불명의 고통이 아니라는 말에 그나마 안심이 되긴 했지만, 그럼에도 불구하고 백아린은 걱정스러운 표정으로 물었다.

"괜찮아요?"

과거의 안 좋았던 기억을 떠올리며 괴로워할 수도 있다 생각한 그녀가 걱정을 내비치자 천무진은 피식 웃었다.

"괜찮지 그럼. 오히려 생각나 줘서 고마울 정도야."

"그렇게 생각하면 다행이고요."

"어쨌든 너무 걱정하지 마. 몸도 많이 좋아졌고, 다시 그 날처럼 아플 기미도 보이지 않으니까."

"그래도 혹시 모르니 너무 무리하지 말아요."

"알겠으니까 걱정 말고 가서 쉬어. 여기까지 오느라 나보다 당신이 더 고생했잖아."

아픈 천무진을 살피느라, 또 여러 가지 정보들까지 전달받느라 백아린은 화산파에 오는 내내 쉼 없이 움직여야 했다.

가까스로 단엽과 나환위의 싸움이 매듭지어지는 순간 나타날 수 있었던 모든 배경에는 그런 그녀의 노력이 있었던 덕분이다.

가서 쉬라는 천무진의 말에 백아린이 문을 열며 슬쩍 반정도 몸을 바깥으로 꺼냈다.

자신이 가야 천무진도 쉴 수 있을 거라 생각해서다.

가기로 마음은 먹었지만 그럼에도 불구하고 못내 마음이 다 놓이진 않았는지 이내 안에 있는 천무진을 향해 말했다.

"혹시 무슨 일 있으면 저 부르고요. 꼭요."

"질기긴. 알겠으니까 가서 좀 쉬어."

가는 와중까지 자신에 대한 걱정에 다짐받으려는 듯 말하는 백아린의 행동에 천무진이 기가 차다는 표정을 지어 보였다.

알겠다는 대답을 듣고서야 백아린이 밝게 웃으며 말했다.

"약속했으니 믿고 갈게요. 그럼 푹 쉬어요."

"당신도."

말을 끝낸 백아린이 문을 닫다가 갑자기 문틈 사이로 얼굴을 불쑥 들이밀었다.

그러곤 이내 그 웃는 얼굴로 장난스레 입을 열었다.

"가는 줄 알았죠?"

생각지도 못한 그 행동에 천무진이 픽 하고 헛웃음을 터트렸을 때였다.

백아린이 재빠르게 말을 이었다.

"그럼 진짜 갈게요."

말을 끝낸 그녀는 이번엔 정말로 문을 닫았다.

뚜벅뚜벅.

닫힌 문 건너에서 점점 멀어지는 그녀의 발걸음 소리를 천무진은 가만히 듣고만 있었다. 그러다 이내 그 소리가 들리지 않게 되자 그제야 천무진은 자신의 짐을 내려놓고 침상에 걸터앉았다.

침상에 앉은 천무진이 중얼거렸다.

"하여튼 특이하다니까."

말을 끝낸 천무진은 곧장 침상 위에 벌러덩 몸을 뉘었다.

방금 전에 방을 나간 백아린을 생각하니 재차 헛웃음이 흘러나왔다.

처음 만났을 때 느꼈던 것과는 참으로 다른 여인이다. 어찌 보면 백아린은 무척이나 차가워 보이는 인상을 지니기도 했다.

정보 단체의 인물답게 일 처리에 있어서도 깔끔하고, 뭐든 칼처럼 잘라 낸다.

당연히 무척이나 냉정할 거라 여겼다.

그런데…… 보면 볼수록 그녀는 따뜻한 여인이었다.

누군가를 걱정하고 배려해 주는 행동에 한 치의 망설임도 없다. 은근히 장난기도 있으면서, 또 상대의 마음도 헤아리는 성품을 지녔다.

저번 삶에서 당했던 경험 때문에 차갑게 변해 버린 천무진에게서는 찾기 어려운 따뜻함을 가진 여인.

침상에 누워 방금 전 백아린의 행동을 생각하며 웃고 있던 천무진은 이내 스스로 깜짝 놀라고 말았다.

천무진은 자신의 얼굴을 어루만졌다.

'이렇게 자주 웃게 될 줄은 몰랐는데 말이야.'

과거로 돌아온 이후 처음 거울을 보며 억지로 짓던 미소가 아직도 잊히지 않았다.

그런데 언제부터였을까?

다시 이렇게 자연스럽게 웃을 수 있게 된 게.

천무진이 막 이런저런 생각에 잠겨 있던 그때였다.

자신이 있는 거처를 향해 다가오는 발걸음 소리가 들려왔다.

자리에 누워 있던 천무진이 벌떡 일어나 입구로 다가갔다. 그러고는 이내 문을 열어젖히며 막 입을 열었다.

"쉬라니까 왜……."

백아린이 돌아온 것이라 생각하며 말을 던지던 천무진의 목소리가 점점 잦아들었다.

천무진의 눈앞에 있는 건 백아린이 아니었으니까.

조수아가 이곳에 나타난 것이다.

부드러웠던 표정이 한결 딱딱하게 변하는 그 순간 조수아가 입을 열었다.

"이야기를 좀 하고 싶어서 찾아왔어요. 시간 내주실 수 있으신가요?"

대화를 하고 싶다는 그녀의 말에 천무진이 답했다.

"제 사부님에 관련된 이야기겠군요."

천무진이 무덤덤하게 대답했지만, 당사자인 조수아는 움찔했다.

"알고…… 있었어요?"

물어 오는 그녀를 향해 천무진은 옆으로 몸을 비켜 안쪽으로 들어올 수 있도록 길을 만들어 줬다. 그러곤 짧게 말을 이었다.

"우선 들어오시죠."

　　　　*　　　　*　　　　*

　천무진의 거처에 조수아가 나타났을 그 무렵.

　백아린은 자신의 거처로 향하고 있었다. 독채 앞에 위치
한 연못을 지나쳐 자신의 거처로 들어서던 백아린은 멈칫
할 수밖에 없었다.

　독채의 입구 앞에 누군가의 모습이 보였던 탓이다.

　그리고 그가 누군지 백아린은 잘 알고 있었다.

　그랬기에 의아했다.

　'저 사람이 왜 여기 있지?'

　백아린이 채 의아함을 지우기도 전, 거처 앞에서 기다리
던 그자 또한 그녀를 발견했는지 성큼 다가오기 시작했다.

　천천히 백아린과 거리를 좁혀 오는 그자의 정체는 다름
아닌 화산파의 자운이었다.

　화산파를 대표하는 고수이자, 천무진이 찾고 있는 십천
야의 일인인 그가 바로 이곳에 나타난 것이다.

　천무진은 엄밀히 따지면 맹주파다. 그리고 자운은 그 반
대편에 위치한 이들의 수장.

　당연히 백아린 또한 이 사내가 그리 달갑지 않았다.

　자운이 웃으며 입을 열었다.

　"이제 오십니까?"

걸어오는 대화에 백아린이 불편한 표정을 감춘 채로 물었다.

"설마 절 기다리신 건가요?"

"네, 맞습니다."

거리를 좁힌 채로 말을 이어 가는 그를 보며 백아린은 잠시 머리를 굴렸다. 도저히 이 사내와 자신이 만나야 할 이유가 보이지 않았으니까.

결국 그녀가 물었다.

"왜요?"

이해가 안 간다는 듯한 표정.

그런 백아린을 바라보며 자운이 입을 열었다.

"당신에게…… 하고 싶은 이야기가 있으니까요."

〈다음 권에 계속〉

DREAMBOOKS★